VOZES DA FICÇÃO
Narrativas do mundo do trabalho

Claudia de Arruda Campos, Enid Yatsuda Frederico,
Walnice Nogueira Galvão e Zenir Campos Reis (Orgs.)

VOZES DA FICÇÃO
Narrativas do mundo do trabalho

2ª edição

EXPRESSÃO POPULAR

São Paulo – 2015

Copyright © 2011, by Editora Expressão Popular

Revisão: *Geraldo Martins de Azevedo Filho e Ana Cristina Teixeira*
Projeto gráfico, capa e diagramação: *ZAP Design*
Impressão e acabamento: *Forma Certa*
Imagem da capa: *Candido Portinari,* Ferro [1938].
Pintura mural afresco 280x248cm.
Crédito da imagem: *Acervo do Projeto Portinari.*
Reprodução autorizada por João Candido Portinari

Dados Internacionais de Catalogação-na-Publicação (CIP)

V977 Vozes da ficção: narrativas do mundo do trabalho /
Claudia de Arruda Campos, Enid Yatsuda Frederico, Walnice
Nogueira Galvão, Zenir Campos Reis (organizadores).--
2.ed.--São Paulo : Expressão Popular, 2015 --
(Literatura e trabalho).
206p.

Indexado em GeoDados - http://www.geodados.uem.br.
ISBN 978-85-7745-183-0

1. Literatura brasileira - Ficção. 2. Ficção brasileira.
I. Campos, Claudia de Arruda, org. II. Frederico, Enid Yatsuda,
org., III. Galvão, Walnice Nogueira, org. IV. Reis, Zenir
Campos, org. V. Título. VI. Série.

CDD B869.3
Bibliotecária: Eliane M. S. Jovanovich CRB 9/1250

Todos os direitos reservados.
Nenhuma parte deste livro pode ser utilizada
ou reproduzida sem a autorização da editora.

2ª edição: janeiro de 2015
3ª reimpressão: junho de 2024

EDITORA EXPRESSÃO POPULAR
Alameda Nothmann, 806 – Campos Elíseos
CEP 01216-001 – São Paulo – SP
atendimento@expressaopopular.com.br
www.expressaopopular.com.br
◘ ed.expressaopopular
◎ editoraexpressaopopular

Sumário

Ler – compartilhar 6
Cláudia de Arruda Campos

Vozes da ficção: Narrativas do mundo
do trabalho – Brasil 1887-1945 11

O ódio 13
Manuel de Oliveira Paiva

O cortiço (Capítulo IV) 19
Aluísio Azevedo

Voluntário 31
Inglês de Sousa

O enfermeiro 51
Machado de Assis

Pai contra mãe 63
Machado de Assis

Maibi 77
Alberto Rangel

A fome negra 93
João do Rio

Os trabalhadores de estiva 101
João do Rio

Judas-Asvero 111
Euclides da Cunha

Trezentas onças 121
Simões Lopes Neto

Banzo 131
Coelho Neto

A garupa (história do sertão) 149
Afonso Arinos

Peru de roda 161
Hugo de Carvalho Ramos

Sua Excelência 179
Lima Barreto

O caso do mendigo 185
Lima Barreto

Aquela tarde turva... 191
Valdomiro Silveira

Fontes 205

LER – COMPARTILHAR

Uma pessoa, um livro, o silêncio – esta é uma imagem clássica da leitura. Há séculos nossos olhos percorrem os textos sem que externamente nenhum som se manifeste. Mas no íntimo de quem lê, e no entorno da leitura, muitas vozes sussurram. A primeira, de natureza física, é a do próprio leitor, que ouve internamente aquilo que lê em aparente silêncio.

Outras vozes, cuja presença nem sempre percebemos durante a leitura, são aquelas do diálogo constante entre o que diz o texto e as experiências do leitor: experiências de vida e de leitura. Se essa conversa falha ou empaca, empaca a leitura. Ou desistimos imediatamente do texto, achando que ele nada tem a ver com a gente, ou nos interrogamos: o que isso quer dizer? Se a dúvida for de alguma forma resolvida, se encontramos a ponte entre a informação nova e aquilo que somos ou aquilo que já sabemos, o contato prossegue.

Mais vozes: aquelas que nos levaram a determinado texto. Chegamos a uma obra por alguma referência: alguém nos falou dela; tínhamos lido algo a seu respeito, a respeito do autor, do tema, do personagem, do contexto cultural, histórico; ou apenas havíamos dado uma passada de olhos em algum trecho, ou na capa, e fomos chamados para dentro do livro.

Muitas vezes, leitura feita, a nossa voz se externa: temos o desejo de comentar com alguém. Como a pedra jogada na água, os círculos se expandem, ondas de vozes, levando e trazendo novas leituras.

Promover leitura passa por ajudar a perceber essas vozes e colocá-las em ação. Para isso pode haver bons exercícios, mas nada que supere, nem dispense a única "técnica" imprescindível – o compartilhar. E esse compartilhamento pode se dar de várias formas: do comentário e sugestão de leituras até o ler com, ler junto, e mesmo o ler para alguém se, por algum motivo, essa pessoa não pode decifrar a letra ou as vozes do texto.

Ler com. Algumas imagens de leitura, que não a do isolamento, aparecem em quadros e gravuras antigas: duas pessoas leem juntas o mesmo livro. E essas imagens não passam a ideia de compartilhamento forçado, mas de calorosa intimidade. Duas ou mais pessoas lendo o mesmo texto, ainda que cada uma tenha seu próprio exemplar em mãos, parece esbater a frieza ou insegurança de que alguns se ressentem na leitura inteiramente individualizada. Ler, interromper, comentar, perguntar, rir ou se emocionar em companhia podem ser meios estimulantes para o melhor aproveitamento, seja de um texto envolvente, seja de um texto que requisite maior esforço.

Ler para. Outras imagens reforçam a ideia de compartilhamento: um adulto lê ou conta histórias para a criança pequena; um círculo de pessoas, olhos e ouvidos ávidos dirigidos a um contador de histórias. As duas situações relacionam-se, geralmente, a estágios em que não se tem ainda acesso aos mistérios da escrita e nos quais a transmissão tem que se fazer pela oralidade. Embora presas a um tempo superado, ou a ser superado para se chegar à leitura, essas situações têm alguma coisa a nos sugerir. O encantamento do ouvir pode, em certas situações, estimular o ler. Explica-se: a história narrada, o poema declamado, o discurso proferido, a aula, todas essas modalidades baseadas na comunicação oral, permitem que se vá processando a apropriação de formas, estruturas, tons, o reconhecimento de assuntos e gêneros. Isso é importante para que o leitor (ou futuro leitor) vá adquirindo segurança, sentindo-se pisar num terreno que não é inteiramente desconhecido. Daí talvez o fato de que a leitura em voz alta permita uma maior compreensão de um trecho mais difícil. O som das palavras torna familiar aquele mundo que nos é transmitido.

Qualquer das vozes que acompanham a leitura só se fixa em nós se a ouvimos e distinguimos verdadeiramente. Isso demanda tempo e atenção, que são sempre variáveis: cada leitor, assim como cada texto, tem um ritmo próprio. Promover leitura entendendo-a como um compartilhamento pressupõe o respeito pelos ritmos e a aceitação dos vários movimentos que ocorrem nessa prática, tais como divagar e voltar ao texto; perguntar-se e resolver; voltar atrás e reler; interromper e continuar.

Cláudia de Arruda Campos

Vozes da ficção
narrativas do mundo do trabalho
(Brasil 1887-1945)

Apresentação

Este livro é composto por narrativas que versam sobre o homem imerso no trabalho, ou dele sendo retirado à força, como ocorre em "Banzo" e "O voluntário". Todos os autores são hoje considerados clássicos da literatura brasileira.

No período coberto pela antologia, grandes acontecimentos agitaram a cena brasileira: emancipação dos escravos, advento da República, revolta de Canudos, urbanização do Rio de Janeiro e de São Paulo, instalação das primeiras grandes indústrias, formação do proletariado e primeira greve geral, Semana de Arte Moderna, fundação do Partido Comunista Brasileiro etc., tudo convergindo para a discussão capitaneada por Euclides da Cunha em *Os sertões* sobre modernidade *versus* atraso.

Na literatura predomina o Naturalismo: descrições fortes, nascidas de observação acurada, com personagens desenhadas a traço grosso e tintas carregadas, como se pode ver na caracterização do escravo em "O ódio", bem como nos trabalhadores da pedreira e nas lavadeiras em *O cortiço*, de Aluísio Azevedo.

Já Machado de Assis, na contramão do Naturalismo, faz uso da sutileza, preferindo falar das contradições internas, resolvidas com a acomodação da consciência segundo os interesses pessoais: dois pesos, duas medidas.

Afonso Arinos, Hugo de Carvalho Ramos, Simões Lopes Neto e Valdomiro Silveira trazem os linguajares dialetais e os costumes regionais para figurar no quadro da literatura brasileira. Minas Gerais, Goiás, Rio Grande do Sul e São Paulo acham-se representados por esses escritores que objetivaram não só destacar as peculiaridades de sua região dentro do país, mas ampliar o léxico do falar brasileiro, com a incorporação de vocábulos e sintaxe locais.

Inglês de Sousa, Euclides da Cunha e Alberto Rangel, a despeito da diferença de estilos, trazem para os livros a imensidão da Amazônia, com seus solitários e desvalidos habitantes.

João do Rio e Lima Barreto preferem o cenário urbano do Rio de Janeiro, no começo do século XX. Ambos, cada qual à sua maneira, se interessam pelas camadas pobres da cidade. De formação muito diversa, manifestam graus diferentes de agudeza política ao escrever.

Coelho Neto, autor prolífico e prolixo, de gêneros e temas variados, é representado por um de seus contos de teor regional, em que aparecem mudanças sociais e econômicas, em área rural do interior fluminense, testemunhadas pelo velho escravo, expulso da terra após a abolição.

Notas

Para facilitar as consultas do leitor, e atendendo aos objetivos a que se destina, o glossário contraria a praxe editorial de figurar no fim do livro. Prefere o pé de página e se atém ao significado que o vocábulo adquire no texto.

A organização cronológica das narrativas obedece ao ano de publicação das obras.

As fontes, de onde os textos foram extraídos, encontram-se indicadas no fim do volume.

O ódio

Manuel de Oliveira Paiva

Junto à amurada engoiava-se[1] uma gaiola de paus, onde, como um pêndulo, sombras de velas e cordagens iam e vinham vagarosamente ao bel-prazer da flutuação.

Rondava dentro da jaula um gato maior que um cachorro grande.

Perto, quando clareava, reluzia o olhar de um negro, acocorado no sopé do mastro, com as mãos cruzadas abarcando os joelhos.

Via-se bem o animal preso, movendo-se com pés de seda e garbo de mulher.

Passeava desdenhosamente. Amarelo fulvo[2], lindamente mouriscado[3] com patacos[4] pretos, como não há veludo. Quando alguém aproximava-se, a fera largava uma roncaria por entre presas, e dava botes nos paus, explodindo bufidos espantosos.

---

[1] Engoiava-se: encolhia-se
[2] Fulvo: dourado
[3] Mouriscado: mesclado
[4] Patacos: pintas em forma de moeda ou pataca

O comandante muitas vezes desanuviava[5] a sua cerveja fazendo-se espectador da eterna aversão e tolhido orgulho do bicho feroz, de cujo cativeiro abusavam; faziam-se trejeitos, cutucavam com um bastão, davam-lhe um pau a morder, de modos que o animal parecia chorar de raiva.

O piloto, muito chalação[6], desandava-lhe descomposturas:

– Anda lá, marafona[7]! Pensavas qu'isto qu'era a furna[8]? Olhe que ela pega-o, comandante!

E daí, amabilizava[9] com uns nomes feios – filha desta, filha daquela, como se fosse entre duas pessoas:

– Eu não lhe tenho medo, porque lá arrebentar esse nicho é o que ela não pilha[10].

Nessa noite, o negro notou um lume que boiava no escuro do oceano, como um pirilampo; e o seu pensamento, que por uma certa simpatia de gênios e de condição costumava ater-se à onça presa, apegava-se agora a esse nonada[11] fosforescente.

Muito depois, o foguinho crescia, e o negro foi obrigado a sair de ao pé do mastro, por via das manobras de bordo. O diabo do lume tinha coisa: o navio evitava-o como se estivesse cheio de pólvora e essa tocha distante fosse uma faísca a persegui-lo perversamente.

O negro, sentindo que havia um perigo qualquer, volveu de novo o pensamento para o tigre.

Antegustava uma satisfação feroz, prevendo um belo horror de destruições. Apertavam as vozes de comando, e o mestre enfurecia – quisera ter os punhos do mundo inteiro para torcer o rumo do vento! Era uma vela meter-se onde eles queriam, e

---

[5] Desanuviava: tirava a espuma
[6] Chalação: gracejador
[7] Marafona: prostituta
[8] Furna: caverna, gruta
[9] Amabilizava: fazia uma cortesia. No caso, com uso irônico
[10] Pilha: consegue
[11] Nonada: ninharia, insignificância

bambeava com os paroxismos de um soçobrante[12]. Havia um demo no espaço negro a embirrar com o barco.

O comandante e oficiais ainda estavam bêbedos da orgia que tiveram ao sair do porto.

O escravo, supersticioso, jurava entre si[13] que o lume que se aproximava era o espírito maligno, em feitio de macaco, às cabriolas[14] de onda em onda, com uma brasa na boca. Ele via até os ziguezagues na trajetória do farol movediço.

Assombrado pela incerteza do perigo, ele desceu, e voltou com um machado. No pescoço conservava o seu amuleto. Estava armado para o desconhecido. Fazia muito frio. Começou a espalhar-se um medo, insinuativo no meio da treva, e mais tarde o pavor.

De repente a luzinha estava mesmo em cima deles, emaranhada no porte alevantado de um paquete a vapor.

Um estremeção prolongado, como um desabamento, saiu do navio todo, que rangiu nas ínfimas veiaduras do cavername[15]. O pessoal ficou um instante bestializado. E, depois, como um bando turvo de vampiros no seu voar frouxo e mortuário, saía de todos os poros a ideia da morte. O vapor, cujo era o farol fatídico (*sic*), havia metido a pique o barco, e talvez tivesse também soçobrado, matando-se ambos sem reconhecer-se, arrastados pelo demônio das colisões marítimas, um daqueles que ao cair do céu ficaram nos ares prestando ao gênero humano o relevante serviço de fazer-lhe o mal.

O negro levou as mãos à cabeça. Sob a noite estrelada, ele via os borbolhões do horrendo por toda parte. Escaleres[16]

---

[12] Soçobrante: que afunda
[13] Entre si: para si mesmo
[14] Cabriolas: saltos ágeis, cambalhotas
[15] Cavername: arcabouço, armação
[16] Escaleres: embarcações pequenas usadas para prestas serviços de transporte, reconhecimento etc.

ao mar, salva-vidas, aconchego e desespero dos que se amam, considerações para com os delicados, heroísmo dos fortes, num rápido.

Dele não se lembravam. A noite de sua pele casava com a do espaço entremeadas pela de sua vida. Sua alma hostil armara-o de machado, porque ele, desde menino, ouvia falar em lutas de corso[17] e de piratas. Isto sim, lhe seria um triunfo. Entanto, restava-lhe boiar, e ainda se fosse possível. Não podia prestar serviços, porque ninguém se entendia, assim nas goelas da morte.

E achava-se de braços cruzados, sobre o abismo, ele, o forte, o valentão, o calmo, o herói, o hércules. No véu das sombras viu bruxulear[18] os olhos do tigre. Ah! e a fera não teria direito ao salvamento? A desordem a bordo era insuperável. Um salve-se-quem-puder! E o possante bruto humano ergueu o machado e descarregou um golpe sobre a jaula. Ébrio de sua majestade, arriou[19] novo golpe, e repetiu. A fera recuara para o fundo, e quando viu o rombo que a desagrilhoava[20], atirou-se... ávida por beber sangue e doida de fome. Rolaram no convés a onça atracada com o escravo.

O navio empinava para a profundez. Na voragem, a fera remontou à gaiola, que flutuava nas águas, enquanto o cadáver do escravo descia no abismo, talvez com a íntima satisfação de ter libertado uma fera, entre eles perdurando uma certa simpatia de gênios e de condição.

Era ele quem tratava do tigre. Amava-lhe o rancor eterno. Achava-o formoso, tão dourado, tão liso, tão forte! Comprazia-se em matar-lhe a sede e a fome. Amava-o porque o bicho indicava

---

[17] Corso: ataque contra navio mercante
[18] Bruxulear: tremeluzir
[19] Arriou: baixou
[20] Desagrilhoava: libertava

ser insensível ao amor. E foi um grande prazer desaparecer da vida deixando em seu lugar um bruto que era uma concretização do ódio, humor necessário à vida social, como o fel à vida individual!

(A Quinzena, 1887)

Manuel de Oliveira Paiva (Fortaleza-CE, 1861 – Sertão do Ceará, 1892) fez os estudos secundários no Seminário do Crato e foi para o Rio de Janeiro, em 1877, matricular-se na Escola Militar. Enquanto aluno desta escola, fundou a revista *A Cruzada* e nela estampou versos e contos.
Dois anos depois, teve de abandonar o curso, com a saúde debilitada. Regressou à sua província e imediatamente envolveu-se na campanha abolicionista empreendida pelos jovens cearenses. Filiou-se ao grupo do jornal *O Libertador*, órgão da Sociedade Libertadora Cearense. Em 1888 fundou o Clube Literário, em cuja revista, *A Quinzena*, publicou vários contos.
Tendo a saúde piorado, foi ao sertão buscar novos ares e lá escreve *Dona Guidinha do Poço*, sua melhor obra, e revisou *A afilhada*, romance publicado em folhetins n'*O Libertador*.
Estavam ambos prontos para ser editados quando faleceu. *Dona Guidinha do Poço* só viria a ser publicado integralmente 60 anos depois, em 1952, por esforço da crítica literária Lúcia Miguel-Pereira. *A afilhada* foi publicado em 1961, e seus contos foram reunidos em livro em 1976.

O Cortiço

(Capítulo IV)

Aluísio Azevedo

Meia hora depois, quando João Romão se viu menos ocupado, foi ter com o sujeito que o procurava e assentou-se defronte dele, caindo de fadiga, mas sem se queixar, nem se lhe trair a fisionomia o menor sintoma de cansaço.

— Você vem da parte do Machucas? perguntou-lhe. Ele falou-me de um homem que sabe calçar[1] pedra, lascar fogo[2] e fazer lajedo[3].

— Sou eu.

— Estava empregado em outra pedreira?

— Estava e estou. Na de São Diogo, mas desgostei-me dela e quero passar adiante.

— Quanto lhe dão lá?

— Setenta mil-réis.

— Oh! Isso é um disparate!

— Não trabalho por menos...

— Eu, o maior ordenado que faço é de cinquenta.

---
[1] Calçar: pôr um calço
[2] Lascar fogo: no caso, dinamitar
[3] Fazer lajedo: extrair lajes da pedreira

— Cinquenta ganha um macaqueiro[4]...
— Ora! tenho aí muitos trabalhadores de lajedo por esse preço!
— Duvido que prestem! Aposto a mão direita em como o senhor não encontra por cinquenta mil-réis quem dirija a broca, pese a pólvora e lasque fogo, sem lhe estragar a pedra e sem fazer desastres!
— Sim, mas setenta mil-réis é um ordenado impossível!
— Nesse caso vou como vim... Fica o dito por não dito!
— Setenta mil-réis é muito dinheiro!...
— Cá por mim, entendo que vale a pena pagar mais um pouco a um trabalhador bom, do que estar a sofrer desastres, como o que sofreu sua pedreira a semana passada! Não falando na vida do pobre de Cristo que ficou debaixo da pedra!
— Ah! O Machucas falou-lhe no desastre?
— Contou-mo, sim senhor, e o desastre não aconteceria se o homem soubesse fazer o serviço!
— Mas setenta mil-réis é impossível. Desça um pouco!
— Por menos não me serve... E escusamos de gastar palavras!
— Você conhece a pedreira?
— Nunca a vi de perto, mas quis me parecer que é boa. De longe cheirou-me a granito[5].
— Espere um instante.

João Romão deu um pulo à venda, deixou algumas ordens, enterrou um chapéu na cabeça e voltou a ter com o outro.

— Ande a ver! gritou-lhe da porta do frege, que a pouco e pouco se esvaziara de todo.

O cavouqueiro[6] pagou doze vinténs pelo seu almoço e acompanhou-o em silêncio.

---

[4] Macaqueiro: aquele que extrai macacos ou paralelepípedos para calçamento
[5] Granito: pedra de boa qualidade
[6] Cavouqueiro: trabalhador em pedreira

Atravessaram o cortiço.

A labutação continuava. As lavadeiras tinham já ido almoçar e tinham voltado de novo para o trabalho. Agora estavam todas de chapéu de palha, apesar das toldas[7] que se armaram. Um calor de cáustico[8] mordia-lhes os toutiços[9] em brasa e cintilantes de suor. Um estado febril apoderava-se delas naquele rescaldo; aquela digestão feita ao sol fermentava-lhes o sangue. A Machona altercava com uma preta que fora reclamar um par de meias e destrocar uma camisa; a Augusta, muito mole sobre a sua tábua de lavar, parecia derreter-se como sebo; a Leocádia largava de vez em quando a roupa e o sabão para coçar as comichões do quadril e das virilhas, assanhadas pelo mormaço; a Bruxa monologava, resmungando numa insistência de idiota, ao lado da Marciana que, com o seu tipo de mulata velha, um cachimbo ao canto da boca, cantava toadas monótonas do sertão:

"Maricas tá marimbando[10],
Maricas tá marimbando,
Na passage do riacho
Maricas tá marimbando."

A Florinda, alegre, perfeitamente bem com o rigor do sol, a rebolar sem fadigas, assoviava os chorados e lundus[11] que se tocavam na estalagem, e junto dela, a melancólica senhora Dona Isabel suspirava, esfregando a sua roupa dentro da tina, automaticamente, como um condenado a trabalhar no presídio; ao passo que o Albino, saracoteando os seus quadris pobres de homem linfático[12], batia na tábua um par de calças, no ritmo

---
[7] Toldas: toldos, coberturas de lona ou brim
[8] Cáustico: ácido que queima
[9] Toutiços: nucas
[10] Marimbando: andando à toa, vagabundando
[11] Chorados e lundus: canções populares
[12] Linfático: apático, sem energia

cadenciado e miúdo de um cozinheiro a bater bifes. O corpo tremia-lhe todo, e ele, de vez em quando, suspendia o lenço do pescoço para enxugar a fronte, e então um gemido suspirado subia-lhe aos lábios.

Da casinha número 8 vinha um falsete agudo, mas afinado. Era a das Dores que principiava o seu serviço; não sabia engomar sem cantar. No número 7 Nenen cantarolava em tom muito mais baixo; e de um dos quartos do fundo da estalagem saía de espaço a espaço uma nota áspera de trombone.

O vendeiro, ao passar por detrás de Florinda, que no momento apanhava roupa do chão, ferrou-lhe uma palmada na parte do corpo então mais em evidência.

– Não bula, hein?!... gritou ela, rápido, erguendo-se tesa.

E, dando com João Romão:

– Eu logo vi. Leva implicando aqui com a gente e depois, vai-se comprar na venda, o safado rouba no peso! Diabo do galego[13]! Eu não te quero, sabe?

O vendeiro soltou-lhe nova palmada com mais força e fugiu, porque ela se armara com um regador cheio de água.

– Vem pra cá, se és capaz! Diabo da peste!

João Romão já se havia afastado com o cavouqueiro.

– O senhor tem aqui muita gente!... observou-lhe este.

– Oh! fez o outro, sacudindo os ombros, e disse depois com empáfia: – Houvesse mais cem quartos que estariam cheios! Mas é tudo gente séria! Não há chinfrins[14] nesta estalagem; se aparece uma rusga, eu chego, e tudo acaba logo! Nunca nos entrou cá a polícia, nem nunca a deixaremos entrar! E olhe que se divertem bem com as suas violas! Tudo gente muita boa!

---

[13] Galego: nome genérico de imigrantes da Península Ibérica
[14] Chinfrins: desordens, arruaças

Tinham chegado ao fim do pátio do cortiço e, depois de transporem uma porta que se fechava com um peso amarrado a uma corda, acharam-se no capinzal que havia antes da pedreira.

– Vamos por aqui mesmo que é mais perto, aconselhou o vendeiro.

E os dois, em vez de procurarem a estrada, atravessaram o capim quente e trescalante[15].

Meio-dia em ponto. O sol estava a pino; tudo reverberava à luz irreconciliável de dezembro, num dia sem nuvens. A pedreira, em que ela batia de chapa em cima, cegava olhada de frente. Era preciso martirizar a vista para descobrir as nuanças da pedra; nada mais que uma grande mancha branca e luminosa, terminando pela parte de baixo no chão coberto de cascalho miúdo, que ao longe produzia o efeito de um betume[16] cinzento, e pela parte de cima na espessura compacta do arvoredo, onde se não distinguiam outros tons mais do que nódoas negras, bem negras, sobre o verde-escuro.

À proporção que os dois se aproximavam da imponente pedreira, o terreno ia-se tornando mais e mais cascalhudo; os sapatos enfarinhavam-se de uma poeira clara. Mais adiante, por aqui e por ali, havia muitas carroças, algumas em movimento, puxadas a burro e cheias de calhaus[17] partidos; outras já prontas para seguir, à espera do animal, e outras enfim com os braços para o ar, como se acabassem de ser despejadas naquele instante. Homens labutavam.

À esquerda, por cima de um vestígio de rio, que parecia ter sido bebido de um trago por aquele sol sedento, havia uma ponte de tábuas, onde três pequenos, quase nus, conversavam assentados, sem fazer sombra, iluminados a prumo[18] pelo sol

---

[15] Trescalante: cheiroso
[16] Betume: asfalto
[17] Calhaus: pedras soltas, seixos
[18] A prumo: a pino, vertical

do meio-dia. Para adiante, na mesma direção, corria um vasto telheiro, velho e sujo, firmado sobre colunas de pedra tosca; aí muitos portugueses trabalhavam de canteiro[19], ao barulho metálico do picão[20] que feria o granito. Logo em seguida, surgia uma oficina de ferreiro, toda atravancada de destroços e objetos quebrados, entre os quais avultavam rodas de carro; em volta da bigorna dois homens, de corpo nu, banhados de suor e alumiados de vermelho como dois diabos, martelavam cadenciosamente sobre um pedaço de ferro em brasa; e ali mesmo, perto deles, a forja escancarava uma goela infernal, de onde saíam pequenas línguas de fogo, irrequietas e gulosas.

João Romão parou à entrada da oficina e gritou para um dos ferreiros:

– Ó Bruno! Não se esqueça do varal da lanterna do portão!

Os dois homens suspenderam por um instante o trabalho.

– Já lá fui ver, respondeu o Bruno. Não vale a pena consertá-lo; está todo comido de ferragem! Faz-se-lhe um novo, que é melhor!

– Pois veja lá isso, que a lanterna está a cair!

E o vendeiro seguiu adiante com o outro, enquanto atrás recomeçava o martelar sobre a bigorna.

Em seguida via-se uma miserável estrebaria, cheia de capim seco e excremento de bestas, com lugar para meia dúzia de animais. Estava deserta, mas, no vivo fartum exalado de lá, sentia-se que fora habitada ainda aquela noite. Havia depois um depósito de madeiras, servindo ao mesmo tempo de oficina de carpinteiro, tendo à porta troncos de árvore, alguns já serrados, muitas tábuas empilhadas, restos de cavernas[21] e mastros de navio.

---

[19] Canteiro: operário que esculpe a pedra de cantaria (pedra para construção)
[20] Picão: ferramenta com ponta para lavrar pedra
[21] Cavernas: esqueletos de embarcações

Daí à pedreira restavam apenas uns cinquenta passos e o chão era já todo coberto por uma farinha de pedra moída que sujava como a cal.

Aqui, ali, por toda a parte, encontravam-se trabalhadores, uns ao sol, outros debaixo de pequenas barracas feitas de lona ou de folhas de palmeira. De um lado cunhavam[22] pedra cantando; de outro a quebravam a picareta; de outro afeiçoavam[23] lajedos a ponta de picão; mais adiante faziam paralelepípedos a escopro[24] e macete. E todo aquele retintim de ferramentas, e o martelar da forja, e o coro dos que lá em cima brocavam[25] a rocha para lançar-lhe fogo, e a surda zoada ao longe, que vinha do cortiço, como de uma aldeia alarmada; tudo dava a ideia de uma atividade feroz, de uma luta de vingança e de ódio. Aqueles homens gotejantes de suor, bêbados de calor, desvairados de insolação, a quebrarem, a espicaçarem, a torturarem a pedra, pareciam um punhado de demônios revoltados na sua impotência contra o impassível gigante que os contemplava com desprezo, imperturbável a todos os golpes e a todos os tiros que lhe desfechavam no dorso, deixando sem um gemido que lhe abrissem as entranhas de granito. O membrudo[26] cavouqueiro havia chegado à fralda do orgulhoso monstro de pedra; tinha-o cara a cara, mediu-o de alto a baixo, arrogante, num desafio surdo.

A pedreira mostrava nesse ponto de vista o seu lado mais imponente. Descomposta, com o escalavrado[27] flanco exposto ao sol, erguia-se altaneira e desassombrada, afrontando o

---

[22] Cunhavam: esculpiam
[23] Afeiçoavam: davam feição a, modelavam
[24] Escopro: ferramenta de trabalhar pedra
[25] Brocavam: perfuravam com broca
[26] Membrudo: agigantado
[27] Escalavrado: esburacado

céu, muito íngreme, lisa, escaldante e cheia de cordas que mesquinhamente lhe escorriam pela ciclópica[28] nudez com um efeito de teias de aranha. Em certos lugares, muito alto do chão, lhe haviam espetado alfinetes de ferro, amparando, sobre um precipício, miseráveis tábuas que, vistas cá de baixo, pareciam palitos, mas em cima das quais uns atrevidos pigmeus[29] de forma humana equilibravam-se, desfechando golpes de picareta contra o gigante.

O cavouqueiro meneou a cabeça com ar de lástima. O seu gesto desaprovava todo aquele serviço.

– Veja lá! disse ele, apontando para certo ponto da rocha. Olhe para aquilo! Sua gente tem ido às cegas no trabalho desta pedreira. Deviam atacá-la justamente por aquele outro lado, para não contrariar os veios da pedra. Esta parte aqui é toda granito, é a melhor! Pois olhe só o que eles têm tirado de lá – umas lascas, uns calhaus que não servem para nada! É uma dor de coração ver estragar assim uma peça tão boa! Agora o que hão de fazer dessa cascalhada que aí está senão macacos[30]? E brada aos céus, creia! ter pedra desta ordem para empregá-la em macacos!

O vendeiro escutava-o em silêncio, apertando os beiços, aborrecido com a ideia daquele prejuízo.

– Uma porcaria de serviço! continuou o outro. Ali onde está aquele homem é que deviam ter feito a broca, porque a explosão punha abaixo toda esta aba que é separada por um veio. Mas quem tem aí o senhor capaz de fazer isso? Ninguém; porque é preciso um empregado que saiba o que faz; que, se a pólvora não for muito bem medida, nem só não se abre o veio, como ainda sucede ao trabalhador o mesmo que sucedeu ao outro! É preciso conhecer

---

[28] Ciclópica: monumental (de Cíclope: gigante mitológico com apenas um olho)
[29] Pigmeus: anões
[30] Macacos: paralelepípedos para calçamento

muito bem o trabalho para se poder tirar partido vantajoso desta pedreira! Boa é ela, mas não nas mãos em que está! É muito perigosa nas explosões; é muito em pé! Quem lhe lascar fogo não pode fugir senão para cima pela corda, e se o sujeito não for fino leva-o o demo! Sou eu quem o diz!

E depois de uma pausa, acrescentou, tomando na sua mão, grossa como o próprio cascalho, um paralelepípedo que estava no chão:

– Que digo eu?! Cá está! Macacos de granito! Isto até é uma coisa que estes burros deviam esconder por vergonha!

Acompanhando a pedreira pelo lado direito e seguindo-a na volta que ela dava depois, formando um ângulo obtuso[31], é que se via quanto era grande. Suava-se bem antes de chegar ao seu limite com a mata.

– Que mina de dinheiro!... dizia o homenzarrão, parando entusiasmado defronte do novo pano[32] de rocha viva que se desdobrava na presença dele.

– Toda esta parte que se segue agora, declarou João Romão, ainda não é minha.

E continuaram a andar para diante.

Deste lado multiplicavam-se as barraquinhas; os macaqueiros trabalhavam à sombra delas, indiferentes àqueles dois. Viam-se panelas ao fogo, sobre quatro pedras, ao ar livre, e rapazitos tratando do jantar dos pais. De mulher nem sinal. De vez em quando, na penumbra de um ensombro[33] de lona, dava-se com um grupo de homens, comendo de cócoras defronte uns dos outros, uma sardinha na mão esquerda, um pão na direita, ao lado de uma garrafa de água.

---

[31] Obtuso: maior que um ângulo reto
[32] Pano: trecho
[33] Ensombro: sombreado

— Sempre o mesmo serviço malfeito e mal dirigido!... resmungou o cavouqueiro.

Entretanto, a mesma atividade parecia reinar por toda a parte. Mas, lá no fim, debaixo dos bambus que marcavam o limite da pedreira, alguns trabalhadores dormiam à sombra, de papo para o ar, a barba espetando para o alto, o pescoço intumescido[34] de cordoveias[35] grossas como enxárcias[36] de navio, a boca aberta, a respiração forte e tranquila de animal sadio, num feliz e pletórico[37] resfolgar de besta cansada.

— Que relaxamento! resmungou de novo o cavouqueiro. Tudo isto está a reclamar um homem teso que olhe a sério para o serviço!

— Eu nada tenho que ver com este lado! observou Romão.

— Mas lá da sua banda hão de fazer o mesmo! Olará!

— Abusam, porque tenho de olhar pelo negócio lá fora...

— Comigo aqui é que eles não fariam cera. Isso juro eu! Entendo que o empregado deve ser bem pago, ter para a sua comida à farta, o seu gole de vinho, mas que deve fazer serviço que se veja, ou, então, rua! Rua, que não falta por aí quem queira ganhar dinheiro! Autorize-me a olhar por eles e verá!

— O diabo é que você quer setenta mil-réis... suspirou João Romão.

— Ah! nem menos um real!... Mas comigo aqui há de ver o que lhe faço entrar para algibeira! Temos cá muita gente que não precisa estar. Para que tanto macaqueiro, por exemplo? Aquilo é serviço para descanso; é serviço de criança! Em vez de todas aquelas lesmas, pagas talvez a trinta mil-réis...

— É justamente quanto lhes dou.

---

[34] Intumescido: inchado
[35] Cordoveias: veias grossas
[36] Enxárcias: cabos e cordas de navios
[37] Pletórico: abundante, exuberante

— ... melhor seria tomar dois bons trabalhadores de cinquenta, que fazem o dobro do que fazem aqueles monos[38] e que podem servir para outras coisas! Parece que nunca trabalharam! Olhe, é já a terceira vez que aquele que ali está deixa cair o escopro! Com efeito!

João Romão ficou calado, a cismar, enquanto voltavam. Vinham ambos pensativos.

— E você, se eu o tomar, disse depois o vendeiro, muda-se cá para a estalagem?...

— Naturalmente! não hei de ficar lá na cidade nova, tendo o serviço aqui!...

— E a comida, forneço-a eu?...

— Isso é que a mulher é quem a faz; mas as compras saem-lhe da venda...

— Pois está fechado o negócio! deliberou João Romão, convencido de que não podia, por economia, dispensar um homem daqueles. E pensou lá de si para si: "Os meus setenta mil-réis voltar-me-ão à gaveta. Tudo me fica em casa!"

— Então estamos entendidos?...

— Estamos entendidos!

— Posso amanhã fazer a mudança?

— Hoje mesmo, se quiser; tenho um cômodo que lhe há de calhar. É o número 35. Vou mostrar-lho.

E aligeirando o passo, penetraram na estrada do capinzal com direção ao fundo do cortiço.

— Ah! é verdade! como você se chama?

— Jerônimo, para o servir.

— Servir a Deus. Sua mulher lava?

— É lavadeira, sim senhor.

— Bem, precisamos ver-lhe uma tina.

---

[38] Monos: macacos

E o vendeiro empurrou a porta do fundo da estalagem, de onde escapou, como de uma panela fervendo que se destapa, uma baforada quente, vozeria tresandante à fermentação de suores e roupa ensaboada secando ao sol.

(*O cortiço*, 1890)

Aluísio Azevedo (São Luís do Maranhão, 1857 – Buenos Aires, 1913) era filho do vice-cônsul português em São Luís. Terminou os estudos secundários na cidade natal e seguiu para o Rio de Janeiro, onde já vivia seu irmão, o comediógrafo Artur Azevedo. Trabalhou para jornais, como caricaturista e cronista satírico.
Sua primeira obra de relevo foi o romance *O mulato* (1881).
Entre 1882 e 1895 viveu apenas do que recebe por suas seguidas publicações: além de romances, escreveu contos, operetas, revistas teatrais.
Em 1895 venceu concurso para cônsul e ingressou na carreira diplomática, pela qual abandonou as atividades literárias.
Sua marca na literatura brasileira está relacionada principalmente com romances exemplares do estilo naturalista: *O mulato*, *Casa de pensão* e *O cortiço*.

Voluntário

Inglês de Sousa

> ... o arroio[1] que serpeia entre pedrinhas
> pela relva macia,
> bordada em torno sinuosamente,
> que pode ele levar
> em sua doce e trépida[2] corrente?
> Alguma folha de silvestre rosa
> que ingênua divagando,
> pastorinha formosa
> lhe foi acaso à margem desfolhando.
> GARRETT

A velha tapuia Rosa já não podia cuidar da pequena lavoura que lhe deixara o marido. Vivia só com o filho, que passava os dias na pesca do pirarucu e do peixe-boi, vendidos no porto de Alenquer, e de que tiravam ambos o sustento, pois o cacau mal chegava para a roupa e para o tabaco. Apesar da pobreza rústica da casa, com as suas portas de japá[3] e as paredes de sopapo,[4] com o chão de terra batida, cavada pela ação do tempo, tinha a tapuia em alguma conta o asseio. Trazia o terreiro bem varrido e o porto livre das canaranas[5] que a corrente do rio vinha ali depositando. E se os tipitis,[6] as cuiambucas e todos os utensílios caseiros andavam sempre lavados com cuidado, as redes de dormir pareciam ter saído do tear, de brancas e novas

---

[1] Arroio: pequeno curso de água
[2] Trépida: que corre ou flui tremendo
[3] Japá: esteira de fibras de palmeiras, usada como portas e janelas
[4] Paredes de sopapo: paredes de taipa, feitas com barro que se atira com a mão
[5] Canaranas: tipo de capim aquático
[6] Tipitis: artefatos cilíndricos, de palha, onde se coloca a mandioca ralada para espremer

que sempre se encontravam. Rosa tecia redes, e os produtos da sua pequena indústria gozavam de boa fama nos arredores. A reputação da tapuia crescera com a feitura de uma maqueira[7] de tucum[8] ornamentada com a coroa brasileira, obra de ingênuo gosto, que lhe valera a admiração de toda a comarca, e provocara a inveja da célebre Ana Raimunda, de Óbidos, a qual chegara a formar uma fortunazinha com aquela especialidade, quando a indústria norte-americana reduzira à inatividade os teares rotineiros do Amazonas. Ana Raimunda seria uma coisa nunca vista no fabrico de redes de aparato[9], mas não lhe receava Rosa a competência na tecedura do algodão e do tucum, talento de que tinha quase tanto orgulho como de haver parido o mais falado pescador daquela redondeza.

Pedro era em 1865 um rapagão de dezenove anos, desempenado e forte. Tinha olhos pequenos, tais quais os do pai, com a diferença de que eram vivos e de uma negrura de pasmar. A face era cor-de-cobre, as feições achatadas e grosseiras, de caboclo legítimo, mas com um cunho de bondade e de candura, que atraía o coração de quantos lhe punham a vista em cima. Demais, serviçal e alegre até ali. Os viajantes, tocando no porto do sítio da velha Rosa, seguindo para Alenquer ou de lá voltando, ficavam cativos da doçura e da afabilidade com que se oferecia o rapaz para os acompanhar à vila, ou dava conselhos práticos sobre a viagem e os pousos.

Quanto à generosidade, basta dizer que jamais lhe sucedia arpoar um pirarucu sem presentear com a ventrecha[10] os vizinhos pobres, e se em um belo dia lhe caía a sorte de matar um peixe-

---

[7] Maqueira: rede de dormir
[8] Tucum: palmeira de cujas palmas se extraem as fibras utilizadas na confecção de redes
[9] Redes de aparato: redes luxuosas
[10] Ventrecha: posta de peixe que se segue à cabeça

boi no lago, havia festa em casa. Todos os conhecidos recebiam um naco da carne do saboroso mamífero, bebiam um trago da cachacinha da velha e voltavam para o seu sítio, proclamando com a língua grossa e pesada a felicidade da tia Rosa, que tinha um filho tão amigo dos pobres. Era o mais destro pescador do igarapé[11] de Alenquer. Nenhum conhecia melhor do que ele as manhas do pirarucu e da tartaruga, nenhum governava melhor a leve montaria[12] nem mandava a maior altura a grande flecha empenada, que, revolvendo em vertiginosa queda, vinha fisgar certeira o casco dos ardilosos batrácios[13]. Para o Pedro da velha Rosa, todo mês era de piracema[14]. Que se queixassem os outros da avareza da estação. Ele voltava sempre para a casa com algum pescado, ao menos uma cambada[15] de aruanás ou de tucunarés de caniço. Era um pescador feliz, o diacho do rapaz, e a velha Rosa devia viver muito contente!

E vivia.

A tapuia passava de ordinário os dias sentada num banquinho diante do tear, trabalhando nas suas queridas redes, que lhe pareciam superiores às dos Estados Unidos, com cuja concorrência vitoriosa lutava debalde a rotineira indústria; e fumando tabaco de Santarém num comprido cachimbo de taquari[16], com cabeça[17] de barro queimado. Quando caía a tarde, depois de ter comido a sua lasca de pirarucu assado ou a gorda posta do fresco tambaqui[18], com pirão de farinha d'água,

---

[11] Igarapé: canal estreito
[12] Montaria: pequena canoa
[13] Batrácios: o mesmo que batráquios, como o sapo e a rã
[14] Piracema: época em que os grandes cardumes de peixe sobem para a nascente dos rios
[15] Cambada: fieira
[16] Taquari: bambu fino, que serve para fazer canudo de cachimbo
[17] Cabeça: o fornilho do cachimbo
[18] Tambaqui: peixe amazônico

molho de sal, pimenta e limão, ia sentar-se à soleira da porta, de onde contemplava o magnífico espetáculo do pôr do sol entre os aningais[19] da margem do rio e ouvia o canto da cigarra, chorando saudades da efêmera existência, que a tananá[20] oculta, em doce estribilho, consolava.

É naturalmente melancólica a gente da beira do rio. Face a face toda a vida com a natureza grandiosa e solene, mas monótona e triste do Amazonas, isolada e distante da agitação social, concentra-se a alma em um apático recolhimento, que se traduz externamente pela tristeza do semblante e pela gravidade do gesto.

O caboclo não ri, sorri apenas; e a sua natureza contemplativa revela-se no olhar fixo e vago em que se leem os devaneios íntimos, nascidos da sujeição da inteligência ao mundo objetivo, e dele assoberbada. Os seus pensamentos não se manifestam em palavras por lhes faltar, a esses pobres tapuias, a expressão comunicativa, atrofiada pelo silêncio forçado da solidão.

Haveis de ter encontrado, beirando o rio, em viagem pelos sítios, o dono da casa sentado no terreiro a olhar fixamente para as águas da correnteza, para um bem-te-vi que canta na laranjeira, para as nuvens brancas do céu, levando horas e horas esquecido de tudo, imóvel e mudo em uma espécie de êxtase. Em que pensará o pobre tapuio? No encanto misterioso da mãe-d'água[21], cuja sedutora voz lhe parece estar ouvindo no murmúrio da corrente? No curupira que vagabundeia nas matas, fatal e esquivo, com o olhar ardente, cheio de promessas e de ameaças? No diabólico saci-pererê, cujo assobio sardônico dá ao corpo o calafrio das

---

[19] Aningais: vegetação comum nas ilhas flutuantes da Amazônia
[20] Tananá: inseto da Amazônia
[21] Mãe-d'água: o mesmo que Iara, entidade do folclore brasileiro semelhante à sereia

sezões[22]? Em que pensa? Na vida? É talvez um sonho, talvez nada. É uma contemplação pura.

Dessa melancolia contínua dão mostra principalmente as mulheres, por causa da vida que levam. Os homens sempre andam, veem uma ou outra vez gente e coisas novas. As mulheres passam toda a vida no sítio, no mais completo isolamento. Assim a tapuia Rosa, que de nada se podia queixar, com a vida material segura, suprema ambição do caboclo, foi sempre dada a tristezas; a fronte alta e calma, os olhos pequenos e negros e a boca séria tinham uma expressão de melancolia que impressionava à primeira vista. Teria a natureza estampado naquele rosto o pressentimento de futuras desgraças, ou a mesquinhez da alma humana ante a majestade do rio e da floresta a predispunha a não oferecer resistência aos embates da adversidade? Era a saudade do esposo morto ou o receio vago dos fracos diante dos arcanos[23] do futuro?

Ninguém o podia dizer, mas é certo que até o princípio do ano de 1865 correram tranquilos os dias no cacaual[24] da velha Rosa.

Quem não sabe o efeito produzido à beira do rio pela notícia da declaração da guerra entre o Brasil e o Paraguai?

Nas classes mais favorecidas da fortuna, nas cidades principalmente, o entusiasmo foi grande e duradouro. Mas entre o povo miúdo o medo do recrutamento para voluntário da pátria foi tão intenso que muitos tapuios se meteram pelas matas e pelas cabeceiras dos rios, e ali viveram como animais bravios sujeitos a toda espécie de privações. Falava-se de Francisco Solano Lopez nos serões do interior da província como de um monstro devorador

---

[22] Sezões: malária, febre intermitente
[23] Arcanos: mistérios, segredos
[24] Cacaual: aglomerado de cacaueiros

de carne humana, de um tigre incapaz de um sentimento humanitário. A ignorância dos nossos rústicos patrícios, agravada pelas fábulas ridículas editadas pela imprensa oficiosa, dando ao nosso governo o papel de *libertador do Paraguai* (embora contra a vontade do libertando o libertasse a tiro), não podia reconhecer no ditador o que realmente era: uma coragem de herói, uma vontade forte, uma inteligência superior a serviço de uma ambição retrógrada. Os jovens tapuios tremiam só de ouvir-lhe o nome; as mães e as esposas faziam promessas sobre promessas a todos os santos do calendário, pedindo que lhes livrassem os queridos filhos e os maridos das malhas da rede recrutadora.

Coisa terrível que era então o recrutamento!

Esse meio violento de preencher os quadros do exército era ao tempo da guerra posto em prática com barbaridade e tirania, indignas de um povo que pretende foros[25] de civilizado.

Suplícios tremendos eram infligidos aos que, fugindo a uma obrigação não compreendida, ousavam preferir a paz do trabalho e o sossego do lar à ventura de se deixarem cortar em postas na defesa das estâncias rio-grandenses e das aldeolas de Mato Grosso. Narravam diariamente os periódicos casos espantosos, reclamações enérgicas contra o arbítrio das autoridades locais, mas o governo a tudo cerrava os ouvidos, por necessitar de fornecer vítimas às disenterias do Passo da Pátria e carne brasileira aos canhões vorazes de Humaitá[26]. Foi então que se mostrou em toda a sua hediondez a tirania dos mandões de aldeia. Os graúdos não perderam a ocasião de satisfazer ódios e caprichos, oprimindo os adversários políticos que não sabiam procurar, a serviço de abastados e poderosos fazendeiros, proteção e amparo contra o recrutamento, à custa do

---

[25] Foros: direitos, privilégios
[26] Passo da Pátria e Humaitá: locais onde se travaram batalhas da Guerra do Paraguai

sacrifício da própria liberdade e da honra das mulheres, das filhas e das irmãs. Sim, não pretendo carregar os tons sombrios do quadro da miséria do proletário brasileiro naqueles tempos calamitosos, em que o pobre só se julgava a salvo do despotismo quando nas mãos do senhor do engenho, do fazendeiro, do comandante do batalhão da Guarda Nacional abdicava a sua independência, pela sujeição a trabalho forçado mal ou nada remunerado: a sua dignidade pela resignação aos castigos corporais e aos maus-tratos, e a honra da família pela obrigada complacência com a violação das mulheres. Em Alenquer, por exemplo, o capitão Fabrício, nomeado recrutador, alardeando serviços ao partido de cima, praticou as maiores atrocidades, tendo por única lei o seu capricho. De toda a parte se levantavam clamores contra o rico e perverso fazendeiro do igarapé, mas cônscio do apoio dos chefes do seu grupo político, continuava Fabrício obrando as maiores atrocidades, que constituíram a sua vida até que o filho do Anselmo Marques, com um salutar tiro de espingarda, pôs-lhe termo à ominosa[27] existência.

Descuidado e contente, Pedro labutava em paz, apesar das desgraças do tempo, ouvidas aos domingos, depois da missa, no adro[28] da matriz. E quando lhe perguntavam se não receava o recrutamento, dizia com a candura habitual que nunca fizera mal a ninguém e era filho único de mulher viúva. Não contava, porém, com a má vontade de Manoel de Andrade, mulato que era seu rival na pesca das tartarugas. Manoel era a alma danada do capitão Fabrício, em cuja fazenda vivia como agregado. Toda a gente o acusava de desapiedado executor das maldades do fazendeiro. Era tido como homem sem escrúpulos, que matava por prazer. E as proezas pacíficas do filho da velha Rosa enchiam-lhe o coração de inveja.

---

[27] Ominosa: detestável, execrável
[28] Adro: terreno em frente ou em torno da igreja

Numa tarde de dezembro de 1865 ou de janeiro do ano seguinte (já não me recordo bem da data), Pedro, ao voltar da pesca, passando pelo porto da fazenda, notara um movimento desusado, e, observando, pensara ter visto o Manoel de Andrade e dois ou três soldados, de farda e baioneta, entidades não vulgares naquelas paragens. Sem saber explicar o estranho caso, continuara a remar, e em breve aportara ao sítio, e puxando a canoa para terra, fora dar parte da pescaria à mãe, sem lhe falar do que vira na casa do vizinho.

Na manhã do dia seguinte, entretinha-se o rapaz a fazer uma cerca de varas no terreiro, quando lhe aparecera pelo cacaual o velho Inácio Mendes, vizinho e amigo, o mesmo que morreu o ano passado afogado no Inhamundá, tentando salvar o filho, atraído pela mãe-d'água. Como o assunto de todas as conversas da beira do rio era a guerra, falou-se do recrutamento.

Inácio dizia-se portador de notícias frescas. O capitão Fabrício, nomeado recrutador em todo o termo de Alenquer, recebera ordem terminante do presidente da província para mandar pelo primeiro vapor um contingente de voluntários, custasse o que custasse. Essa ordem, transmitida pelo delegado de polícia de Santarém, fora trazida a toda pressa pelo sargento Moura, acompanhado de cinco guardas nacionais que aquela autoridade pusera à disposição do recrutador, prometendo enviar-lhe logo maior força, se fosse necessário.

– O capitão – acrescentou Inácio em voz baixa –, não é lá homem para hesitar em se tratando de maldades.

E continuara, narrando as desgraças da época. Já o Antônio da Silva fugira a todo pano[29] para Vila Bela, onde mora um negociante que é seu compadre. Na casa do Pantaleão Soares, português legítimo, sargento Moura varejara os quartos em que

---

[29] A todo pano: às pressas

dormiam as filhas do pobre homem, e levara o atrevimento a ponto de revistá-las, dizendo que podiam ser homens disfarçados. O Raimundo Nonato e o filho da tia Rita haviam-se metido pelo mato adentro, sem que se soubesse o seu paradeiro. Um tapuio dos lagos, tendo vindo à vila comprar mantimentos, vira-se perseguido pelos guardas e fora comido por jacarés, querendo salvar-se a nado.

E terminou entre risonho e triste o velho Inácio:

– Que quer, seu Pedro? Nestes tempos nem os pobres velhos têm a certeza de escapar. O que vale é que Deus é grande... e o mato maior.

Três dias depois da visita de Inácio Mendes, pelas 7 horas da manhã, a velha Rosa tratava do almoço, e Pedro, sentado à soleira da porta, preparava-se para caçar papagaios, limpando uma bela espingarda de dois canos, quando viu adiantar-se para o seu lado o capitão Fabrício, com os modos risonhos e corteses de um bom vizinho. Pedro ergueu-se surpreso e acanhado e pôs-se a balbuciar cumprimentos ao fazendeiro, cujo sorriso o enleava[30].

– Ora, bom dia, seu Pedro. Então já sei que vai à caça? E está com uma bonita arma! Quer vendê-la?

E foi lha tirando das mãos, sem que o pescador, admirado de tão grande afabilidade, pensasse em contrariar-lhe o gesto.

– Eh, eh! seu Pedro, você está um rapaz robusto e devia ser voluntário da pátria. O governo precisa de gente forte lá no sul para dar cabo do demônio do Lopez. Ora, é uma vergonha que você esteja a matar os pobrezinhos dos papagaios e a arpoar os inocentes dos pirarucus, quando melhor quebraria a proa[31] aos paraguaios, que são brutos também e inimigos dos cristãos.

---
[30] Enleava: embaraçava, pertubava
[31] Quebraria a proa: acabaria com a presunção

Pedro balbuciava negativas e desculpas. Era filho único... não tinha jeito para a guerra... quem tomaria conta da pobre velhinha? Mas o capitão pôs-lhe a mão no ombro, dizendo em voz repassada de mel:
— Pois então tenha paciência. Se não quer ser voluntário, está recrutado.

Pedro deu um pulo para trás, como se fora mordido por uma cobra. Recrutado, ele! A palavra fatídica soou-lhe aos ouvidos como anúncio de irreparável desgraça. O seu ar de candura e de bondade desapareceu por encanto, e o rapaz ficou todo transformado, como o pai, quando lutava braço a braço com alguma onça traiçoeira. Os olhos injetaram-se-lhe de sangue. Os lábios entreabriram-se para deixar sair a palavra rebelde, mas só descobriram os alvíssimos dentes, cerrados por um esforço violento. O corpo todo tremia, como se maleitas[32] o sacudissem, e um último lampejo de razão o impediu de atirar-se ao recrutador e de o afogar nas mãos robustas. Mas o capitão prosseguia com brandura hipócrita:
— Ora, deixe-se de tolices... afinal que é que tem ser soldado? É até muito bonito, e as mulheres pelam-se[33] pela farda azul-ferrete e pelos botões amarelos. Não será uma honra para a tapuia velha o ter um filho oficial? Pois é o que pode muito bem acontecer, se você tiver juízo, não beber, não furtar, não fizer nenhuma má-criação e resolver-se a aprender a leitura e a escrita, que não é lá bicho de sete cabeças. É verdade que você pode ficar prisioneiro dos paraguaios e mesmo morrer de uma bala na cabeça, mas isso... são fatalidades, também se morre na cama e até... pescando pirarucus e caçando papagaios. Por isso deixe-se de asneiras, carinha alegre e marche-marche para o sul.

---

[32] Maleitas: o mesmo que malária, doença caracterizada por acessos periódicos de calafrios e febre
[33] Pelam-se: gostam muito

Mesmo porque você está recrutadinho da silva, e o que não tem remédio remediado está.

O rapaz soltou um grito surdo, avançou contra Fabrício, arrancou-lhe a espingarda das mãos e brandiu-a sobre a cabeça do capitão, como se fora uma bengala. Quando ia descarregar o golpe, sentiu-se agarrado. Eram o sargento Moura e dois soldados, que, saindo de um matagal próximo, haviam-se aproximado sem ser vistos. Ao ruído da luta, acudiu a velha Rosa, que, soltando brados lamentosos, tentou arrancar o filho aos soldados, mas o capitão Fabrício segurou-a por um braço e atirou-a de encontro a um esteio da casa.

A tapuia, caindo, feriu a cabeça, mas, erguendo-se de súbito e levantando a espingarda que estava no chão, fez pontaria contra o sargento. A arma não estava carregada.

Foi uma cena terrível que teve lugar então. A velha Rosa, desgrenhada, com os vestidos rotos, coberta de sangue, soltava bramidos[34] de fera parida. Pedro estorcia-se em convulsões violentas, e os soldados não conseguiam arredá-lo da mãe. Fabrício, ordenando que levassem o preso, lançara ambas as mãos aos cabelos da velha e, puxando por eles, procurava conseguir que largasse as roupas do filho. Os guardas, impacientes e coléricos, desembainharam a baioneta e começaram a espancar alternativamente a mãe e o filho, animados pela voz e pelo exemplo do sargento, ainda pálido do susto que sofrera.

Muito tempo teria durado a luta, se não tivessem aparecido alguns agregados do capitão, dirigidos pelo Manoel de Andrade, em cuja larga face morena se lia a satisfação de um ódio até ali contido a custo.

O mulato adiantou-se com ar resoluto:

---

[34] Bramidos: rugidos

— Ó gentes! Temos cerimônias? — e voltando-se para os que o seguiam: — Amarra porco, rapaziada!

Ou pela sua profissão de vaqueiros ou porque já se achassem prevenidos, traziam cordas consigo. Pedro e Rosa foram deitados por terra e amarrados de pés e mãos. Depois a gente do Manoel Andrade carregou o rapaz e foi depô-lo numa grande montaria que o capitão mandara buscar na fazenda.

Quando o preso, o sargento e os soldados se acharam dentro da canoa, Fabrício ordenou ao Manoel de Andrade e a outro agregado que tomassem os remos e seguissem para Alenquer. Depois, dando um pontapé na velha tapuia estendida em meio do terreiro, seguiu com o resto da sua gente, a caminho da fazenda.

Ela desmaiara. Não dera acordo de si quando lhe levaram o filho para a canoa, nem sequer sentira a última e bestial expansão da ira do recrutador. Mas quando o sol, adiantando-se na carreira, veio ferir-lhe em cheio os olhos amortecidos, tomou a si, olhou em derredor e, recordando o que se passara, começou a agitar-se e a dar gritos que ecoavam lugubremente na floresta. Procurava pôr-se de pé, mas não o conseguia. Não podia também desprender os braços e as pernas; as cordas eram sólidas e os nós, apertados. Sozinha, abandonada no sítio deserto, exposta no terreiro, ferida e quase nua aos raios ardentíssimos do sol, a velha Rosa, a boa e generosa velhinha, teria sucumbido miseravelmente, se por volta de meio-dia não tivesse ali chegado o vizinho Inácio Mendes. O português vira do seu porto passar a canoa que levava o recruta e, desconfiando do que sucedera, viera, logo que pudera furtar algum tempo aos seus afazeres, informar-se do ocorrido.

Pobre tia Rosa! Em que miserando estado a encontrara! Seria possível que Deus permitisse tão grande injustiça! O Inácio cortou-lhe as cordas, lavou-lhe a ferida com água avinagrada, e teve de empregar a força para obrigá-la a deitar-se, pois ardia em febre.

Depois que a viu mais sossegada, o bom do português correu a casa em busca da mulher para fazer companhia aquela noite à doente, recomendando-lhe que não dormisse, velasse toda a noite, pois o estado da tapuia era melindroso. Apesar da advertência do marido, a enfermeira adormecera pela madrugada, e quando acordara, a claridade de um dia esplêndido entrava pela transparência do japá[35]. A rede da velha Rosa estava vazia. A mulher do Inácio Mendes correu ao porto e não achou a montaria de pesca de Pedro.

Estava eu a esse tempo em Santarém, preparando uma viagem a Itaituba, a serviço da minha advocacia.

Passeando uma tarde na praia do Tapajós, abeirou-se de mim uma cabocla velha em quem a custo reconheci a industriosa e boa velhinha do igarapé de Alenquer, em cuja hospitaleira casa dormira algumas vezes de passagem pelo sítio. Ela, porém, reconhecera-me facilmente e parece até que, a conselho de algumas pessoas, procurava-me como o único doutor da terra, que exerça a profissão de advogado. Contou-me a sua história, interrompendo-se amiúde para limpar na manga do vestido as lágrimas que lhe corriam, e finalizou entregando-me um embrulho com dinheiro, duzentos e poucos mil-réis, tudo quanto tinha, para que lhe livrasse o filho de jurar bandeira.

Voltei imediatamente à cidade e por intermédio de um amigo comum obtive do delegado de polícia a licença de ver o recruta na cadeia, mas por uma só vez, e como exceção rara. O tapuio estava mergulhado em um silêncio apático, de que nada o fazia sair. O fatalismo do amazonense o convencera de que não se poderia arrancar à irreparável desgraça que o abatia. Ou não me reconheceu ou não quis falar-me.

---

[35] Japá: esteira de folhas de palmeiras, que serve para fechar portas e janelas, cobrir barracas etc.

Requeri *habeas corpus*[36] em favor de Pedro, alegando a sua qualidade de filho único de mulher viúva. O juiz de direito ordenou o seu comparecimento, inquiriu o comandante do destacamento e algumas testemunhas, e exigiu informações do delegado. Empreguei a maior atividade nas diligências necessárias, porque sabia que era esperado a toda a hora[37] o vapor da Companhia do Amazonas, que devia levar o contingente de recrutas para a capital. Uma manhã vinha eu da casa do juiz com as melhores esperanças de êxito, pois se mostrava crente do direito que assistia ao meu cliente e compadecido da sorte da velha que lhe não deixava a soleira da porta, onde dormia. Vinha pensando na minha viagem pelo Tapajós acima logo que terminasse a obra de humanidade que queria praticar, quando me encontrei com o agente da Companhia.

– Olhe, doutor, o vapor está entrando. Os voluntários estão prontos.

Corri imediatamente à cadeia e notei o movimento que produzira a ordem de embarque. Corri à praia, onde era imensa a aglomeração de povo à espera do vapor que vinha entrando a boca do largo Tapajós, em busca dos futuros defensores da pátria.

Começou logo o embarque dos recrutas.

Eram vinte rapazes tapuios os que a autoridade obrigava a representar a comédia do voluntariado. Vi-os sair da cadeia, entre duas filas de guardas nacionais, e encaminharem-se para o porto, seguidos dos parentes, dos amigos e de simples curiosos.

Iam cabisbaixos, uns corridos de vergonha, como criminosos obrigados a percorrer as ruas da cidade nas garras da justiça; outros resignados e imbecis, como bois caminhando para o matadouro; outros ainda procurando encobrir sob uma

---

[36] *Habeas corpus:* garantia constitucional da liberdade de locomoção
[37] A toda a hora: a qualquer hora

jovialidade triste as amarguras íntimas; todos marchando maquinalmente, alheios ao que se passava e dizia em redor de si, e oferecendo um aspecto de apatia covarde e idiota. Vestiam calça e camisa de algodão riscado[38], a mesma roupa com que uma semana antes arpoavam pirarucus ou plantavam mandioca nas roças da beira do rio. Alguns, aqueles de quem se desconfiava, por mais valentes e ágeis, traziam algemas.

As portas e as janelas das ruas por onde passava a nova leva de recrutas estavam apinhadas de gente. As mulheres e as crianças corriam a vê-los de perto, conservando-se, porém, a uma distância respeitável dos guardas nacionais, que marchavam pesadamente, acanhados, vestidos na sua jaqueta de velho pano azul, quase vermelho, e vexados[39] com a comprida baioneta colocada muito atrás, a bater-lhes os rins em um compasso irregular, conforme com os acidentes das ruas mal calçadas. O povo comentava o caso, analisava a fisionomia dos novos soldados, daqueles heroicos defensores da pátria, carneiros levados em récua[40] para o açougue.

As exclamações cruzavam-se, as pilhérias atravessavam a rua e caíam duras como pedras sobre as cabeças impassíveis dos guardas nacionais, pobres operários, honrados roceiros, arrancados à oficina ou à lavoura para guarnecerem a cidade e fazerem o serviço da polícia ausente. Outras vezes eram lamentações e condolências da sorte daqueles pobres-diabos que nem sabiam naquele momento se voltariam a ver a terra adorada do Amazonas.

Os curumins[41] anunciavam os recrutas à medida que se aproximavam:

– Os voluntários! Os voluntários!

---

[38] Algodão riscado: tecido barato de algodão com riscos coloridos; riscadinho
[39] Vexados: atormentados
[40] Récua: tropa de bestas de carga engatadas
[41] Curumins: meninos

— Voluntários de pau e corda[42]! — disse causticamente o vigário padre Pereira, fumando cigarro à porta de uma loja.

Já mais adiante os curumins repetiam em uma ironia inconsciente:

— Os voluntários, olha os voluntários!

Os recrutas caminhavam sob um sol ardente, seguidos das mães, das irmãs e das noivas, que soluçavam alto, em uma prantina desordenada, chamando a atenção do povo. Os homens iam silenciosos como se acompanhassem um enterro. Ninguém se atrevia a levantar a voz contra a autoridade. Se a fuga fosse possível, nenhum daqueles homens deixaria de facilitá-la. Mas como fugir em pleno dia, no meio de tantos guardas nacionais armados e prevenidos? Nada; mais valia resignar-se e sofrer calado, que sempre se lucrava alguma coisa.

Chegaram ao porto e avistaram o vapor que fumegava, prestes a partir. As canoas que os deviam conduzir para o paquete estavam prontas. Começou o embarque em boa ordem. Nenhum dos recrutas abraçou amigos e parentes; os adeuses trocaram-se com os olhos e com as mãos, de longe.

Quando as canoas largaram da praia, as mulheres romperam em um clamor; e os tapuios, acocorados ao fundo da igarité[43] que os separava da ribanceira, seguiam com a vista a terra que recuava, fugindo deles. Tinham os olhos secos, mas amortecidos. Um deixava naquela saudosa praia a mãe doente e entrevada, arrastada até ali para soluçar a última despedida ao filho que partia para a guerra. E o voluntário, resignado à morte com que contava nos sertões do sul, tinha o coração apertado, pensando na miséria em que deixava a velhinha, obrigada dali em diante a viver de esmolas. Outro pensava na sua roça nova, aberta pelo São

---

[42] De pau e corda: com muita dificuldade, a muito custo
[43] Igarité: embarcação de porte médio

João, havia seis meses apenas, com tanto amor e trabalho, e que seria dentro em breve pasto de capivaras daninhas e de macacos gulosos; ou na montaria de pesca, abandonada no porto, para presa do primeiro ladrão que passasse. Este sonhava com as longas horas de imobilidade ansiosa, nas brumas da antemanhã, de pé na canoa, esperando o primeiro respirar do pirarucu possante; aquele com a gentil namorada, tanto tempo cobiçada e quase noiva, que não teria paciência para esperar-lhe a volta incerta. E todos pálidos, desesperados, sombrios, sentiam no supremo momento da separação que tudo estava perdido, e a morte, uma morte terrível e misteriosa, os esperava lá nas terras em que dominava o monstro do Paraguai, devorador de carne humana.

Apesar da tristeza do espetáculo que me compungia o coração, não pude deixar de alegrar-me por não ver entre os recrutas o filho da velha Rosa. Acompanhei a leva desde o quartel até a praia, vi-a embarcar, não me afastei enquanto o vapor não levantou ferros e procurou a barra do Tapajós, soltando um silvo rouco e prolongado. Adquiri então a certeza de que Pedro não embarcara, de que ficara em terra, e dessa convicção augurei as melhores esperanças. Se o delegado o não enviara por aquele vapor, fora certamente por não haver ainda jurado bandeira, e duvidoso se fazia o caso do seu recrutamento, em face dos fundamentos do *habeas corpus* requerido. Em todo caso, mesmo considerando a polícia bem recrutado o tapuio, tinha diante de mim oito ou dez dias, o intervalo de uma chegada de paquete a outra, para trabalhar em seu favor.

Comuniquei a nova à tia Rosa, que fui encontrar sentada à porta do juiz de direito, onde passara a noite. Não partilhou da minha convicção. Na sua opinião, eu estava enfeitiçado. Pedro não estava no quartel e, portanto, seguira naquele mesmo vapor para a capital. Levei à conta de demência a incredulidade da velha, e entrei na casa do juiz para informar-me do resultado do *habeas corpus*.

O magistrado disse-me com alguma tristeza:

– Escusado é tentar mais nada. O rapaz já embarcou.

E como me visse atônito, sem ânimo de proferir palavra, compreendeu o meu espanto e acrescentou:

– Desconfiaram de mim. Ontem à noite mandaram-no em uma canoa bem tripulada, esperar o vapor a meia légua da boca do rio.

A indignação fez-me ultrapassar os limites da conveniência. Perguntei, irado, ao juiz como se deixara ele assim burlar pela polícia, expondo a dignidade do seu cargo ao menosprezo de um funcionário subalterno. Mas ele, sorrindo misteriosamente, bateu-me no ombro e disse em tom paternal:

– Colega, você ainda é muito moço. Manda quem pode. Não queira ser palmatória do mundo[44]. – e acrescentou alegremente:
– Olhe, sabe de uma coisa? Vamos tomar café.

Ainda há bem pouco tempo vagava pela cidade de Santarém uma pobre tapuia doida. A maior parte do dia passava-o a percorrer a praia, com o olhar perdido no horizonte, cantando com voz trêmula e desenxabida a quadrinha popular:

> Meu anel de diamantes
> caiu na água e foi ao fundo;
> os peixinhos me disseram:
> viva D. Pedro Segundo!

(*Contos amazônicos*, 1893)

Inglês de Sousa (Óbidos, PA, 1853 – Rio de Janeiro, 1918) figura na primeira leva de praticantes da literatura regionalista no país. Sua prosa revela a influência do patriarca do Naturalismo, o francês

---

[44] Palmatória do mundo: indivíduo que posa de moralista, que censura tudo e todos

Émile Zola. Escreveu, entre outros, o romance *O missionário* (1891) e os *Contos amazônicos* (1893), demonstrando o esquema cientificista do Naturalismo, segundo o qual fatores externos determinam comportamentos e destinos. Seus escritos dedicam-se a reconstruir e analisar a vida no interior do Pará, seu estado natal. Fez carreira como político, entre Rio de Janeiro, Espírito Santo e São Paulo. É um dos fundadores da Academia Brasileira de Letras (1897).

O enfermeiro

Machado de Assis

Parece-lhe então que o que se deu comigo em 1860, pode entrar numa página de livro? Vá que seja, com a condição única de que não há de divulgar nada antes da minha morte. Não esperará muito, pode ser que oito dias, se não for menos; estou desenganado. Olhe, eu podia mesmo contar-lhe a minha vida inteira, em que há outras cousas interessantes, mas para isso era preciso tempo, ânimo e papel, e eu só tenho papel; o ânimo é frouxo, e o tempo assemelha-se à lamparina de madrugada. Não tarda o sol do outro dia, um sol dos diabos, impenetrável como a vida. Adeus, meu caro senhor, leia isto e queira-me bem; perdoe-me o que lhe parecer mau, e não maltrate muito a arruda[1], se lhe não cheira a rosas. Pediu-me um documento humano, ei-lo aqui. Não me peça também o império do Grão-Mogol[2], nem a fotografia dos Macabeus[3]; peça, porém, os meus sapatos de defunto e não os dou a ninguém mais.

---

[1] Arruda: planta de odor muito forte
[2] Império do Grão-Mogol: império de grande extensão territorial, o maior até hoje, constituído por Gêngis Khan
[3] Macabeus: fiéis à tradição judaica que se rebelaram contra os ocupantes sírios (168-142 a.C.)

Já sabe que foi em 1860. No ano anterior, ali pelo mês de agosto, tendo eu quarenta e dois anos, fiz-me teólogo, — quero dizer, copiava os estudos de teologia de um padre de Niterói, antigo companheiro de colégio, que assim me dava, delicadamente, casa, cama e mesa. Naquele mês de agosto de 1859, recebeu ele uma carta de um vigário de certa vila do interior, perguntando se conhecia pessoa entendida, discreta e paciente, que quisesse ir servir de enfermeiro ao coronel Felisberto, mediante um bom ordenado. O padre falou-me, aceitei com ambas as mãos, estava já enfarado[4] de copiar citações latinas e fórmulas eclesiásticas. Vim à Corte despedir-me de um irmão, e segui para a vila.

Chegando à vila, tive más notícias do coronel. Era homem insuportável, estúrdio[5], exigente, ninguém o aturava, nem os próprios amigos. Gastava mais enfermeiros que remédios. A dois deles quebrou a cara. Respondi que não tinha medo de gente sã, menos ainda de doentes; e depois de entender-me com o vigário, que me confirmou as notícias recebidas, e me recomendou mansidão e caridade, segui para a residência do coronel.

Achei-o na varanda da casa estirado numa cadeira, bufando muito. Não me recebeu mal. Começou por não dizer nada; pôs em mim dois olhos de gato que observa; depois, uma espécie de riso maligno alumiou-lhe as feições, que eram duras. Afinal, disse-me que nenhum dos enfermeiros que tivera prestava para nada, dormiam muito, eram respondões e andavam ao faro[6] das escravas; dois eram até gatunos[7]!

— Você é gatuno?

---

[4] Enfarado: entediado, aborrecido
[5] Estúrdio: extravagante, esquisito
[6] Andar ao faro de: andar atrás de, à procura de
[7] Gatunos: ladrões

– Não, senhor.

Em seguida, perguntou-me pelo nome: disse-lho e ele fez um gesto de espanto. Colombo? Não, senhor: Procópio José Gomes Valongo[8]. Valongo? achou que não era nome de gente, e propôs chamar-me tão somente Procópio, ao que respondi que estaria pelo que fosse de seu agrado. Conto-lhe esta particularidade, não só porque me parece pintá-lo bem, como porque a minha resposta deu de mim a melhor ideia ao coronel. Ele mesmo o declarou ao vigário, acrescentando que eu era o mais simpático dos enfermeiros que tivera. A verdade é que vivemos uma lua de mel de sete dias.

No oitavo dia, entrei na vida dos meus predecessores, uma vida de cão, não dormir, não pensar em mais nada, recolher injúrias, e, às vezes, rir delas, com um ar de resignação e conformidade; reparei que era um modo de lhe fazer corte. Tudo impertinências de moléstia e do temperamento. A moléstia era um rosário delas, padecia de aneurisma[9], de reumatismo e de três ou quatro afecções[10] menores. Tinha perto de sessenta anos, e desde os cinco toda a gente lhe fazia a vontade. Se fosse só rabugento, vá; mas ele era também mau, deleitava-se com a dor e a humilhação dos outros. No fim de três meses estava farto de o aturar; determinei vir embora; só esperei ocasião.

Não tardou a ocasião. Um dia, como lhe não desse a tempo uma fomentação[11], pegou da bengala e atirou-me dois ou três golpes. Não era preciso mais; despedi-me imediatamente, e fui aprontar a mala. Ele foi ter comigo, ao quarto, pediu-me que ficasse, que não valia a pena zangar por uma rabugice de velho. Instou tanto que fiquei.

---

[8] Valongo: rua do Rio de Janeiro, onde se situava o mercado de escravos
[9] Aneurisma: dilatação da veia ou artéria; derrame
[10] Afecções: doenças
[11] Fomentação: fricção medicamentosa na pele

— Estou na dependura, Procópio, dizia-me ele à noite; não posso viver muito tempo. Estou aqui, estou na cova. Você há de ir ao meu enterro, Procópio; não o dispenso por nada. Há de ir, há de rezar ao pé da minha sepultura. Se não for, acrescentou rindo, eu voltarei de noite para lhe puxar as pernas. Você crê em almas de outro mundo, Procópio?
— Qual o quê!
— E por que é que não há de crer, seu burro? redarguiu[12] vivamente, arregalando os olhos.

Eram assim as pazes; imagine a guerra. Coibiu-se[13] das bengaladas; mas as injúrias ficaram as mesmas, se não piores. Eu, com o tempo, fui calejando, e não dava mais por nada; era burro, camelo, pedaço d'asno, idiota, moleirão, era tudo. Nem, ao menos, havia mais gente que recolhesse uma parte desses nomes. Não tinha parentes; tinha um sobrinho que morreu tísico[14], em fins de maio ou princípios de julho, em Minas. Os amigos iam por lá às vezes aprová-lo, aplaudi-lo, e nada mais; cinco, dez minutos de visita. Restava eu; era eu sozinho para um dicionário inteiro. Mais de uma vez resolvi sair; mas, instado pelo vigário, ia ficando.

Não só as relações foram-se tornando melindrosas, mas eu estava ansioso por tornar à Corte. Aos quarenta e dois anos não é que havia de acostumar-me à reclusão constante, ao pé de um doente bravio, no interior. Para avaliar o meu isolamento, basta saber que eu nem lia os jornais; salvo alguma notícia mais importante que levavam ao coronel, eu nada sabia do resto do mundo. Entendi, portanto, voltar para a Corte, na primeira ocasião, ainda que tivesse de brigar com o vigário. Bom é dizer

---

[12] Redarguiu: respondeu, contestou
[13] Coibiu-se: conteve-se
[14] Tísico: tuberculoso

(visto que faço uma confissão geral) que, nada gastando e tendo guardado integralmente os ordenados, estava ansioso por vir dissipá-los aqui.

Era provável que a ocasião aparecesse. O coronel estava pior, fez testamento, descompondo[15] o tabelião, quase tanto como a mim. O trato era mais duro, os breves lapsos[16] de sossego e brandura faziam-se raros. Já por esse tempo tinha eu perdido a escassa dose de piedade que me fazia esquecer os excessos do doente; trazia dentro de mim um fermento de ódio e aversão. No princípio de agosto resolvi definitivamente sair; o vigário e o médico, aceitando as razões, pediram-me que ficasse algum tempo mais. Concedi-lhes um mês; no fim de um mês viria embora, qualquer que fosse o estado do doente. O vigário tratou de procurar-me substituto.

Vai ver o que aconteceu. Na noite de vinte e quatro de agosto, o coronel teve um acesso de raiva, atropelou-me, disse-me muito nome cru[17], ameaçou-me de um tiro, e acabou atirando-me um prato de mingau, que achou frio; o prato foi cair na parede onde se fez em pedaços.

— Hás de pagá-lo, ladrão! bradou ele.

Resmungou ainda muito tempo. Às onze horas passou pelo sono. Enquanto ele dormia, saquei um livro do bolso, um velho romance de d'Arlincourt[18], traduzido, que lá achei, e pus-me a lê-lo, no mesmo quarto, à pequena distância da cama; tinha de acordá-lo à meia-noite para lhe dar o remédio. Ou fosse de cansaço, ou do livro, antes de chegar ao fim da segunda página adormeci também. Acordei aos gritos do coronel, e levantei-me

---

[15] Descompondo: repreendendo com palavras violentas
[16] Lapsos: intervalos, pausas
[17] Nome cru: palavra áspera, dura
[18] D'Arlincourt: escritor do romantismo francês, presunçoso e afetado, cujas obras foram recebidas com severas críticas

estremunhado[19]. Ele, que parecia delirar, continuou nos mesmos gritos, e acabou por lançar mão da moringa[20] e arremessá-la contra mim. Não tive tempo de desviar-me; a moringa bateu-me na face esquerda, e tal foi a dor que não vi mais nada; atirei-me ao doente, pus-lhe as mãos ao pescoço, lutamos, e esganei-o.

Quando percebi que o doente expirava, recuei aterrado, e dei um grito; mas ninguém me ouviu. Voltei à cama, agitei-o para chamá-lo à vida, era tarde; arrebentara o aneurisma, e o coronel morreu. Passei à sala contígua, e durante duas horas não ousei voltar ao quarto. Não posso mesmo dizer tudo o que passei, durante esse tempo. Era um atordoamento, um delírio vago e estúpido. Parecia-me que as paredes tinham vultos; escutava umas vozes surdas. Os gritos da vítima, antes da luta e durante a luta, continuavam a repercutir dentro de mim, e o ar, para onde quer que me voltasse, aparecia recortado de convulsões. Não creia que esteja fazendo imagens nem estilo; digo-lhe que eu ouvia distintamente umas vozes que me bradavam: assassino! assassino!

Tudo o mais estava calado. O mesmo som do relógio, lento, igual e seco, sublinhava o silêncio e a solidão. Colava a orelha à porta do quarto na esperança de ouvir um gemido, uma palavra, uma injúria, qualquer coisa que significasse a vida, e me restituísse a paz à consciência. Estaria pronto a apanhar das mãos do coronel, dez, vinte, cem vezes. Mas nada, nada; tudo calado. Voltava a andar à toa na sala, sentava-me, punha as mãos na cabeça; arrependia-me de ter vindo. – "Maldita a hora em que aceitei semelhante coisa!" exclamava. E descompunha o padre de Niterói, o médico, o vigário, os que me arranjaram um lugar, e os que me pediram para ficar mais algum tempo. Agarrava-me à cumplicidade dos outros homens.

---

[19] Estremunhado: estonteado de sono
[20] Moringa: recipiente de barro para água

Como o silêncio acabasse por aterrar-me, abri uma das janelas, para escutar o som do vento, se ventasse. Não ventava. A noite ia tranquila, as estrelas fulguravam[21], com a indiferença de pessoas que tiram o chapéu a um enterro que passa, e continuam a falar de outra coisa. Encostei-me ali por algum tempo, fitando a noite, deixando-me ir a uma recapitulação da vida, a ver se descansava da dor presente. Só então posso dizer que pensei claramente no castigo. Achei-me com um crime às costas e vi a punição certa. Aqui o temor complicou o remorso. Senti que os cabelos me ficavam de pé. Minutos depois, vi três ou quatro vultos de pessoas, no terreiro espiando, com um ar de emboscada; recuei, os vultos esvaíram-se no ar; era uma alucinação.

Antes do alvorecer curei a contusão da face. Só então ousei voltar ao quarto. Recuei duas vezes, mas era preciso e entrei; ainda assim, não cheguei logo à cama. Tremiam-me as pernas, o coração batia-me; cheguei a pensar na fuga; mas era confessar o crime, e, ao contrário, urgia fazer desaparecer os vestígios dele. Fui até a cama; vi o cadáver, com os olhos arregalados e a boca aberta, como deixando passar a eterna palavra dos séculos: "Caim, que fizeste de teu irmão?" Vi no pescoço o sinal das minhas unhas; abotoei alto a camisa e cheguei ao queixo a ponta do lençol. Em seguida, chamei um escravo, disse-lhe que o coronel amanhecera morto; mandei recado ao vigário e ao médico.

A primeira ideia foi retirar-me logo cedo, a pretexto de ter meu irmão doente, e, na verdade, recebera carta dele, alguns dias antes, dizendo-me que se sentia mal. Mas adverti que a retirada imediata poderia fazer despertar suspeitas, e fiquei. Eu mesmo amortalhei o cadáver, com o auxílio de um preto velho e míope. Não saí da sala mortuária; tinha medo de que descobrissem alguma cousa. Queria ver no rosto dos outros se

---

[21] Fulguravam: brilhavam

desconfiavam; mas não ousava fitar ninguém. Tudo me dava impaciências: os passos de ladrão com que entravam na sala, os cochichos, as cerimônias e as rezas do vigário. Vindo a hora, fechei o caixão, com as mãos trêmulas, tão trêmulas que uma pessoa, que reparou nelas, disse a outra com piedade:

— Coitado do Procópio! apesar do que padeceu, está muito sentido.

Pareceu-me ironia; estava ansioso por ver tudo acabado. Saímos à rua. A passagem da meia escuridão da casa para a claridade da rua deu-me grande abalo; receei que fosse então impossível ocultar o crime. Meti os olhos no chão, e fui andando. Quando tudo acabou, respirei. Estava em paz com os homens. Não o estava com a consciência, e as primeiras noites foram naturalmente de desassossego e aflição. Não é preciso dizer que vim logo para o Rio de Janeiro, nem que vivi aqui aterrado, embora longe do crime; não ria, falava pouco, mal comia, tinha alucinações, pesadelos...

— Deixa lá o outro que morreu, diziam-me. Não é caso para tanta melancolia.

E eu aproveitava a ilusão, fazendo muitos elogios ao morto, chamando-lhe boa criatura, impertinente, é verdade, mas um coração de ouro. E elogiando, convencia-me também, ao menos por alguns instantes. Outro fenômeno interessante, e que talvez lhe possa aproveitar, é que, não sendo religioso, mandei dizer uma missa pelo eterno descanso do coronel, na igreja do Sacramento. Não fiz convites, não disse nada a ninguém; fui ouvi-la, sozinho, e estive de joelhos todo o tempo, persignando-me[22] a miúdo. Dobrei a espórtula[23] do padre, e distribuí esmolas à porta, tudo por intenção do finado. Não queria embair[24] os homens; a prova é que

---

[22] Persignando-me: benzendo-me com o sinal da cruz
[23] Espórtula: gorjeta, esmola
[24] Embair: enganar

fui só. Para completar este ponto, acrescentarei que nunca aludia ao coronel, que não dissesse: "Deus lhe fale n'alma!" E contava dele algumas anedotas[25] alegres, rompantes[26] engraçados...

Sete dias depois de chegar ao Rio de Janeiro, recebi a carta do vigário, que lhe mostrei, dizendo-me que fora achado o testamento do coronel, e que eu era o herdeiro universal. Imagine o meu pasmo. Pareceu-me que lia mal, fui a meu irmão, fui aos amigos; todos leram a mesma cousa. Estava escrito; era eu o herdeiro universal do coronel. Cheguei a supor que fosse uma cilada; mas adverti logo que havia outros meios de capturar-me, se o crime estivesse descoberto. Demais, eu conhecia a probidade[27] do vigário, que não se prestaria a ser instrumento. Reli a carta, cinco, dez, muitas vezes; lá estava a notícia.

– Quanto tinha ele? perguntava-me meu irmão.

– Não sei, mas era rico.

– Realmente, provou que era teu amigo.

– Era... Era...

Assim por uma ironia da sorte, os bens do coronel vinham parar às minhas mãos. Cogitei em recusar a herança. Parecia-me odioso receber um vintém do tal espólio[28]; era pior do que fazer-me esbirro alugado[29]. Pensei nisso três dias, e esbarrava sempre na consideração de que a recusa podia fazer desconfiar alguma cousa. No fim dos três dias, assentei num meio-termo; receberia a herança e dá-la-ia toda, aos bocados e às escondidas. Não era só escrúpulo; era também o modo de resgatar o crime por um ato de virtude; pareceu-me que ficava assim de contas saldas.

---

[25] Anedotas: relatos curiosos ou engraçados
[26] Rompantes: reações impetuosas
[27] Probidade: honradez
[28] Espólio: conjunto dos bens deixados por alguém ao morrer
[29] Esbirro alugado: guarda-costas ou capanga a soldo

Preparei-me e segui para a vila. Em caminho, à proporção que me ia aproximando, recordava o triste sucesso; as cercanias da vila tinham um aspecto de tragédia, e a sombra do coronel parecia-me surgir de cada lado. A imaginação ia reproduzindo as palavras, os gestos, toda a noite horrenda do crime...

Crime ou luta? Realmente, foi uma luta, em que eu, atacado, defendi-me, e na defesa... Foi uma luta desgraçada, uma fatalidade. Fixei-me nessa ideia. E balanceava os agravos, punha no ativo as pancadas, as injúrias... Não era culpa do coronel, bem o sabia, era da moléstia, que o tornava assim rabugento e até mau... Mas eu perdoava tudo, tudo... O pior foi a fatalidade daquela noite... Considerei também que o coronel não podia viver muito mais; estava por pouco; ele mesmo o sentia e dizia. Viveria quanto? Duas semanas, ou uma; pode ser até que menos. Já não era vida, era um molambo de vida, se isto mesmo se podia chamar ao padecer contínuo do pobre homem... E quem sabe mesmo se a luta e a morte não foram apenas coincidentes? Podia ser, era até o mais provável; não foi outra cousa. Fixei-me também nessa ideia...

Perto da vila apertou-se-me o coração, e quis recuar; mas dominei-me e fui. Receberam-me com parabéns. O vigário disse-me as disposições do testamento, os legados pios[30], e de caminho ia louvando a mansidão cristã e o zelo com que eu servira ao coronel, que, apesar de áspero e duro, soube ser grato.

– Sem dúvida, dizia eu olhando para outra parte.

Estava atordoado. Toda a gente me elogiava a dedicação e a paciência. As primeiras necessidades do inventário detiveram-me algum tempo na vila. Constituí advogado; as cousas correram placidamente. Durante esse tempo, falava muita vez do coronel. Vinham contar-me cousas dele, mas sem a moderação do padre; eu defendia-o, apontava algumas virtudes, era austero...

---

[30] Legados pios: quantias destinadas a obras de caridade

– Qual austero! Já morreu, acabou; mas era o diabo.

E referiam-me casos duros, ações perversas, algumas extraordinárias. Quer que lhe diga? Eu, a princípio, ia ouvindo cheio de curiosidade; depois, entrou-me no coração um singular prazer, que eu sinceramente buscava expelir. E defendia o coronel, explicava-o, atribuía alguma coisa às rivalidades locais; confessava, sim, que era um pouco violento... Um pouco? Era uma cobra assanhada, interrompia-me o barbeiro; e todos, o coletor, o boticário, o escrivão, todos diziam a mesma coisa; e vinham outras anedotas, vinha toda a vida do defunto. Os velhos lembravam-se das crueldades dele, em menino. E o prazer íntimo, calado, insidioso[31], crescia dentro de mim, espécie de tênia[32] moral, que por mais que a arrancasse aos pedaços recompunha-se logo e ia ficando.

As obrigações do inventário distraíram-me; e por outro lado a opinião da vila era tão contrária ao coronel, que a vista dos lugares foi perdendo para mim a feição tenebrosa que a princípio achei neles. Entrando na posse da herança, converti-a em títulos e dinheiro. Eram então passados muitos meses, e a ideia de distribuí-la toda em esmolas e donativos pios não me dominou como da primeira vez; achei mesmo que era afetação. Restringi o plano primitivo: distribuí alguma cousa aos pobres, dei à matriz da vila uns paramentos[33] novos, fiz uma esmola à Santa Casa da Misericórdia etc.: ao todo trinta e dous contos. Mandei também levantar um túmulo ao coronel, todo de mármore, obra de um napolitano, que aqui esteve até 1866, e foi morrer, creio eu, no Paraguai.

Os anos foram andando, a memória tornou-se cinzenta e desmaiada. Penso às vezes no coronel, mas sem os terrores dos primeiros dias. Todos os médicos a quem contei as moléstias dele

---

[31] Insidioso: traiçoeiro
[32] Tênia: parasita intestinal
[33] Paramentos: vestes litúrgicas

foram acordes em que a morte era certa, e só se admiravam de ter resistido tanto tempo. Pode ser que eu, involuntariamente, exagerasse a descrição que então lhes fiz; mas a verdade é que ele devia morrer, ainda que não fosse aquela fatalidade...

Adeus, meu caro senhor. Se achar que esses apontamentos valem alguma coisa, pague-me também com um túmulo de mármore, ao qual dará por epitáfio esta emenda que faço aqui ao divino sermão da montanha: "Bem-aventurados os que possuem, porque eles serão consolados".

(*Várias histórias*, 1896)

Joaquim Maria **Machado de Assis** (Rio de Janeiro 1839-1908). Reconhecido como um dos mais talentosos escritores brasileiros, Machado foi um autodidata. Menino pobre, mulato, morador do morro do Livramento, órfão, com problemas de saúde, não teve condições de seguir estudos regulares.

Aos 16 anos trabalhou como tipógrafo aprendiz na Imprensa Nacional; em uma editora em cuja revista publicou seus primeiros versos; no *Correio Mercantil* e, a partir de 1860, no *Diário do Rio de Janeiro*. Nessa década já publicou comédias e poesia.

Ocupando, a partir de 1867, cargos burocráticos no *Diário Oficial* e na Secretaria da Agricultura, teve garantidos os meios materiais necessários para dedicar-se com certa folga à literatura. Público e crítica reconhecem seus méritos como ficcionista a partir da publicação de *Contos fluminenses*, em 1870.

Casou-se com Carolina, senhora portuguesa de boa cultura, cujo companheirismo foi importante não só para a vida, mas também para a obra de Machado.

Escreveu poesia, teatro, crônica, crítica, mas, do conjunto de suas obras, destacam-se contos e romances, principalmente aqueles publicados depois de 1880: os romances *Memórias póstumas de Brás Cubas* (1881); *Quincas Borba* (1891); *Dom Casmurro* (1899); *Esaú e Jacó* (1904); *Memorial de Aires* (1908) e os volumes de contos *Papéis avulsos* (1882); *Histórias sem data* (1884); *Várias histórias* (1896); *Páginas recolhidas* (1899); *Relíquias de casa velha* (1906).

Pai contra mãe

Machado de Assis

A escravidão levou consigo ofícios e aparelhos, como terá sucedido a outras instituições sociais. Não cito alguns aparelhos senão por se ligarem a certo ofício. Um deles era o ferro ao pescoço, outro o ferro ao pé; havia também a máscara de folha de flandres[1]. A máscara fazia perder o vício da embriaguez aos escravos, por lhes tapar a boca. Tinha só três buracos, dois para ver, um para respirar, e era fechada atrás da cabeça por um cadeado. Com o vício de beber, perdiam a tentação de furtar, porque geralmente era dos vinténs do senhor que eles tiravam com que matar a sede, e aí ficavam dois pecados extintos, e a sobriedade e a honestidade certas. Era grotesca tal máscara, mas a ordem social e humana nem sempre se alcança sem o grotesco, e alguma vez o cruel. Os funileiros as tinham penduradas, à venda, na porta das lojas. Mas não cuidemos de máscaras.

O ferro ao pescoço era aplicado aos escravos fujões. Imaginai uma coleira grossa, com a haste grossa também à direita ou à esquerda, até ao alto da cabeça e fechada atrás com chave. Pesava,

---

[1] Folha de flandres: lata

naturalmente, mas era menos castigo que sinal. Escravo que fugia assim, onde quer que andasse, mostrava um reincidente, e com pouco era pegado.

Há meio século, os escravos fugiam com frequência. Eram muitos, e nem todos gostavam da escravidão. Sucedia ocasionalmente apanharem pancada, e nem todos gostavam de apanhar pancada. Grande parte era apenas repreendida; havia alguém de casa que servia de padrinho, e o mesmo dono não era mau; além disso, o sentimento da propriedade moderava a ação, porque dinheiro também dói. A fuga repetia-se, entretanto. Casos houve, ainda que raros, em que o escravo de contrabando, apenas comprado no Valongo, deitava a correr, sem conhecer as ruas da cidade. Dos que seguiam para casa, não raro, apenas ladinos[2], pediam ao senhor que lhes marcasse aluguel[3], e iam ganhá-lo fora, quitandando[4].

Quem perdia um escravo por fuga dava algum dinheiro a quem lho levasse. Punha anúncios nas folhas públicas, com os sinais do fugido, o nome, a roupa, o defeito físico, se o tinha, o bairro por onde andava e a quantia de gratificação. Quando não vinha a quantia, vinha promessa: "gratificar-se-á generosamente", – ou "receberá uma boa gratificação". Muita vez o anúncio trazia em cima ou ao lado uma vinheta[5], figura de preto, descalço, correndo, vara ao ombro, e na ponta uma trouxa. Protestava-se com todo o rigor da lei contra quem o acoitasse[6].

Ora, pegar escravos fugidios era um ofício do tempo. Não seria nobre, mas por ser instrumento da força com que se mantêm a lei e a propriedade, trazia esta outra nobreza implícita

---

[2] Ladinos: escravos que já falavam português e sabiam fazer os serviços rotineiro
[3] Marcasse aluguel: alugasse
[4] Quitandando: comerciando mercadorias em tabuleiros
[5] Vinheta: pequena ilustração
[6] Acoitasse: acolhesse

das ações reivindicadoras. Ninguém se metia em tal ofício por desfastio[7] ou estudo; a pobreza, a necessidade de uma achega[8], a inaptidão para outros trabalhos, o acaso, e alguma vez o gosto de servir também, ainda que por outra via, davam o impulso ao homem que se sentia bastante rijo para pôr ordem à desordem.

Cândido Neves – em família, Candinho, – é a pessoa a quem se liga a história de uma fuga, cedeu à pobreza, quando adquiriu o ofício de pegar escravos fugidos. Tinha um defeito grave esse homem, não aguentava emprego nem ofício, carecia de estabilidade; é o que ele chamava caiporismo[9]. Começou por querer aprender tipografia, mas viu cedo que era preciso algum tempo para compor bem, e ainda assim talvez não ganhasse o bastante; foi o que ele disse a si mesmo. O comércio chamou-lhe a atenção, era carreira boa. Com algum esforço entrou de caixeiro para um armarinho. A obrigação, porém, de atender e servir a todos feria-o na corda do orgulho, e ao cabo de cinco ou seis semanas estava na rua por sua vontade. Fiel[10] de cartório, contínuo de uma repartição anexa ao Ministério do Império, carteiro e outros empregos foram deixados pouco depois de obtidos.

Quando veio a paixão da moça Clara, não tinha ele mais que dívidas, ainda que poucas, porque morava com um primo, entalhador de ofício. Depois de várias tentativas para obter emprego, resolveu adotar o ofício do primo, de que aliás já tomara algumas lições. Não lhe custou apanhar outras, mas, querendo aprender depressa, aprendeu mal. Não fazia obras finas nem complicadas, apenas garras para sofás e relevos comuns

---

[7] Por desfastio: para entreter
[8] Achega: ajuda, auxílio
[9] Caiporismo: má sorte constante, azar
[10] Fiel: ajudante

para cadeiras. Queria ter em que trabalhar quando casasse, e o casamento não se demorou muito.

Contava trinta anos. Clara vinte e dois. Ela era órfã, morava com uma tia, Mônica, e cosia com ela. Não cosia tanto que não namorasse o seu pouco, mas os namorados apenas queriam matar o tempo; não tinham outro empenho. Passavam às tardes, olhavam muito para ela, ela para eles, até que a noite a fazia recolher para a costura. O que ela notava é que nenhum deles lhe deixava saudades nem lhe acendia desejos. Talvez nem soubesse o nome de muitos. Queria casar, naturalmente. Era, como lhe dizia a tia, um pescar de caniço[11], a ver se o peixe pegava, mas o peixe passava de longe; algum que parasse, era só para andar à roda da isca, mirá-la, cheirá-la, deixá-la e ir a outras.

O amor traz sobrescritos. Quando a moça viu Cândido Neves, sentiu que era este o possível marido, o marido verdadeiro e único. O encontro deu-se em um baile; tal foi – para lembrar o primeiro ofício do namorado, – tal foi a página inicial daquele livro, que tinha de sair mal composto e pior brochado[12]. O casamento fez-se onze meses depois, e foi a mais bela festa das relações dos noivos. Amigas de Clara, menos por amizade que por inveja, tentaram arredá-la[13] do passo que ia dar. Não negavam a gentileza do noivo, nem o amor que lhe tinha, nem ainda algumas virtudes; diziam que era dado em demasia a patuscadas[14].

– Pois ainda bem, replicava a noiva; ao menos, não caso com defunto.

– Não, defunto não; mas é que...

---

[11] Caniço: cana fina e comprida usada para pescar
[12] Brochado: coberto com capa cartonada
[13] Arredá-la: dissuadi-la, demovê-la
[14] Patuscada: festa

Não diziam o que era. Tia Mônica, depois do casamento, na casa pobre onde eles se foram abrigar, falou-lhes uma vez nos filhos possíveis. Eles queriam um, um só, embora viesse agravar a necessidade.

— Vocês, se tiverem um filho, morrem de fome, disse a tia à sobrinha.

— Nossa Senhora nos dará de comer, acudiu Clara.

Tia Mônica devia ter-lhes feito a advertência, ou ameaça, quando ele lhe foi pedir a mão da moça; mas também ela era amiga de patuscadas, e o casamento seria uma festa, como foi.

A alegria era comum aos três. O casal ria a propósito de tudo. Os mesmos nomes eram objeto de trocados[15], Clara, Neves, Cândido; não davam que comer, mas davam que rir, e o riso digeria-se sem esforço. Ela cosia agora mais, ele saía a empreitadas de uma coisa e outra; não tinha emprego certo.

Nem por isso abriam mão do filho. O filho é que, não sabendo daquele desejo específico, deixava-se estar escondido na eternidade. Um dia, porém, deu sinal de si a criança; varão ou fêmea, era o fruto abençoado que viria trazer ao casal a suspirada ventura. Tia Mônica ficou desorientada, Cândido e Clara riram dos seus sustos.

— Deus nos há de ajudar, titia, insistia a futura mãe.

A notícia correu de vizinha a vizinha. Não houve mais que espreitar a aurora do dia grande. A esposa trabalhava agora com mais vontade, e assim era preciso, uma vez que, além das costuras pagas, tinha de ir fazendo com retalhos o enxoval da criança. À força de pensar nela, vivia já com ela, media-lhe fraldas, cosia-lhe camisas. A porção era escassa, os intervalos longos. Tia Mônica ajudava, é certo, ainda que de má vontade.

— Vocês verão a triste vida, suspirava ela.

---

[15] Trocados: trocadilhos

– Mas as outras crianças não nascem também? perguntou Clara.

– Nascem, e acham sempre alguma coisa certa que comer, ainda que pouco...

– Certa como?

– Certa, um emprego, um ofício, uma ocupação, mas em que é que o pai dessa infeliz criatura que aí vem gasta o tempo?

Cândido Neves, logo que soube daquela advertência, foi ter com a tia, não áspero, mas muito menos manso que de costume, e lhe perguntou se já algum dia deixara de comer.

– A senhora ainda não jejuou senão pela semana santa, e isso mesmo quando não quer jantar comigo. Nunca deixamos de ter o nosso bacalhau[16]...

– Bem sei, mas somos três.

– Seremos quatro.

– Não é a mesma coisa.

– Que quer então que eu faça, além do que faço?

– Alguma coisa mais certa. Veja o marceneiro da esquina, o homem do armarinho, o tipógrafo que casou sábado, todos têm um emprego certo... Não fique zangado; não digo que você seja vadio, mas a ocupação que escolheu é vaga. Você passa semanas sem vintém.

– Sim, mas lá vem uma noite que compensa tudo, até de sobra. Deus não me abandona, e preto fugido sabe que comigo não brinca; quase nenhum resiste, muitos entregam-se logo.

Tinha glória nisto, falava da esperança como de capital seguro. Daí a pouco ria, e fazia rir à tia, que era naturalmente alegre, e previa uma patuscada no batizado.

Cândido Neves perdera já o ofício de entalhador, como abrira mão de outros muitos, melhores ou piores. Pegar escravos

---

[16] Bacalhau: na época, alimento barato

fugidos trouxe-lhe um encanto novo. Não obrigava a estar longas horas sentado. Só exigia força, olho vivo, paciência, coragem e um pedaço de corda. Cândido Neves lia os anúncios, copiava-os, metia-os no bolso e saía às pesquisas. Tinha boa memória. Fixados os sinais e os costumes de um escravo fugido, gastava pouco tempo em achá-lo, segurá-lo, amarrá-lo e levá-lo. A força era muita, a agilidade também. Mais de uma vez, a uma esquina, conversando de coisas remotas, via passar um escravo como os outros, e descobria logo que ia fugido, quem era, o nome, o dono, a casa deste e a gratificação; interrompia a conversa e ia atrás do vicioso. Não o apanhava logo, espreitava lugar azado[17], e de um salto tinha a gratificação nas mãos. Nem sempre saía sem sangue, as unhas e os dentes do outro trabalhavam, mas geralmente ele os vencia sem o menor arranhão.

Um dia os lucros entraram a escassear. Os escravos fugidos não vinham já, como dantes, meter-se nas mãos de Cândido Neves. Havia mãos novas e hábeis. Como o negócio crescesse, mais de um desempregado pegou em si e numa corda, foi aos jornais, copiou anúncios e deitou-se à caçada. No próprio bairro havia mais de um competidor. Quer dizer que as dívidas de Cândido Neves começaram de subir, sem aqueles pagamentos prontos ou quase prontos dos primeiros tempos. A vida fez-se difícil e dura. Comia-se fiado e mal; comia-se tarde. O senhorio mandava pelos aluguéis.

Clara não tinha sequer tempo de remendar a roupa ao marido, tanta era a necessidade de coser para fora. Tia Mônica ajudava a sobrinha, naturalmente. Quando ele chegava à tarde, via-se-lhe pela cara que não trazia vintém. Jantava e saía outra vez, à cata de algum fugido. Já lhe sucedia, ainda que raro,

---

[17] Azado: propício

enganar-se de pessoa, e pegar em escravo fiel que ia a serviço de seu senhor; tal era a cegueira da necessidade. Certa vez capturou um preto livre; desfez-se em desculpas, mas recebeu grande soma de murros que lhe deram os parentes do homem.

– É o que lhe faltava! exclamou a tia Mônica, ao vê-lo entrar, e depois de ouvir narrar o equívoco e suas consequências. Deixe-se disso, Candinho; procure outra vida, outro emprego.

Cândido quisera efetivamente fazer outra coisa, não pela razão do conselho, mas por simples gosto de trocar de ofício; seria um modo de mudar de pele ou de pessoa. O pior é que não achava à mão negócio que aprendesse depressa.

A natureza ia andando, o feto crescia, até fazer-se pesado à mãe, antes de nascer. Chegou o oitavo mês, mês de angústias e necessidades, menos ainda que o nono, cuja narração dispenso também. Melhor é dizer somente os seus efeitos. Não podiam ser mais amargos.

– Não, tia Mônica! bradou Candinho, recusando um conselho que me custa escrever, quanto mais ao pai ouvi-lo. Isso nunca!

Foi na última semana do derradeiro mês que a tia Mônica deu ao casal o conselho de levar a criança que nascesse à Roda dos enjeitados[18]. Em verdade, não podia haver palavra mais dura de tolerar a dois jovens pais que espreitavam a criança, para beijá-la, guardá-la, vê-la rir, crescer, engordar, pular... Enjeitar quê? enjeitar como? Candinho arregalou os olhos para a tia, e acabou dando um murro na mesa de jantar. A mesa, que era velha e desconjuntada, esteve quase a se desfazer inteiramente. Clara interveio.

– Titia não fala por mal, Candinho.

---

[18] Roda dos enjeitados: nos asilos e orfanatos, espécie de caixa giratória onde se colocavam as crianças enjeitadas

— Por mal? replicou tia Mônica. Por mal ou por bem, seja o que for, digo que é o melhor que vocês podem fazer. Vocês devem tudo; a carne e o feijão vão faltando. Se não aparecer algum dinheiro, como é que a família há de aumentar? E depois, há tempo; mais tarde, quando o senhor tiver a vida mais segura, os filhos que vierem serão recebidos com o mesmo cuidado que este ou maior. Este será bem criado, sem lhe faltar nada. Pois então a Roda é alguma praia ou monturo[19]? Lá não se mata ninguém, ninguém morre à toa, enquanto que aqui é certo morrer, se viver à míngua. Enfim...

Tia Mônica terminou a frase com um gesto de ombros, deu as costas e foi meter-se na alcova[20]. Tinha já insinuado aquela solução, mas era a primeira vez que o fazia com tal franqueza e calor, — crueldade, se preferes. Clara estendeu a mão ao marido, como a amparar-lhe o ânimo; Cândido Neves fez uma careta, e chamou maluca à tia, em voz baixa. A ternura dos dois foi interrompida por alguém que batia à porta da rua.

— Quem é? perguntou o marido.
— Sou eu.

Era o dono da casa, credor de três meses de aluguel, que vinha em pessoa ameaçar o inquilino. Este quis que ele entrasse.

— Não é preciso...
— Faça favor.

O credor entrou e recusou sentar-se; deitou os olhos à mobília para ver se daria algo à penhora; achou que pouco. Vinha receber os aluguéis vencidos, não podia esperar mais; se dentro de cinco dias não fosse pago, pô-lo-ia na rua. Não havia trabalhado para regalo dos outros. Ao vê-lo, ninguém diria que era proprietário; mas a palavra supria o que faltava ao gesto, e o pobre Cândido

---

[19] Monturo: monte de lixo
[20] Alcova: quarto situado no interior da casa, sem passagens para o exterior

Neves preferiu calar a retorquir. Fez uma inclinação de promessa e súplica ao mesmo tempo. O dono da casa não cedeu mais.

— Cinco dias ou rua! repetiu, metendo a mão no ferrolho da porta e saindo.

Candinho saiu por outro lado. Nesses lances não chegava nunca ao desespero, contava com algum empréstimo, não sabia como nem onde, mas contava. Demais, recorreu aos anúncios. Achou vários, alguns já velhos, mas em vão os buscava desde muito. Gastou algumas horas sem proveito, e tornou para casa. Ao fim de quatro dias, não achou recursos; lançou mão de empenhos, foi a pessoas amigas do proprietário, não alcançando mais que a ordem de mudança.

A situação era aguda. Não achavam casa, nem contavam com pessoa que lhes emprestasse alguma; era ir para a rua. Não contavam com a tia. Tia Mônica teve arte de alcançar aposento para os três em casa de uma senhora velha e rica, que lhe prometeu emprestar os quartos baixos da casa, ao fundo da cocheira, para os lados de um pátio. Teve ainda a arte maior de não dizer nada aos dois, para que Cândido Neves, no desespero da crise, começasse por enjeitar o filho e acabasse alcançando algum meio seguro e regular de obter dinheiro; emendar a vida, em suma. Ouvia as queixas de Clara, sem as repetir, é certo, mas sem as consolar. No dia em que fossem obrigados a deixar a casa, fá-los-ia espantar com a notícia do obséquio e iriam dormir melhor do que cuidassem.

Assim sucedeu. Postos fora da casa, passaram ao aposento de favor, e dois dias depois nasceu a criança. A alegria do pai foi enorme, e a tristeza também. Tia Mônica insistiu em dar a criança à Roda. "Se você não a quer levar, deixe isso comigo; eu vou à Rua dos Barbonos." Cândido Neves pediu que não, que esperasse, que ele mesmo a levaria. Notai que era um menino, e que ambos os pais desejavam justamente este sexo. Mal lhe deram algum leite; mas, como chovesse à noite, assentou o pai levá-lo à Roda na noite seguinte.

Naquela reviu todas as suas notas de escravos fugidos. As gratificações pela maior parte eram promessas; algumas traziam a soma escrita e escassa. Uma, porém, subia a cem mil-réis. Tratava-se de uma mulata; vinham indicações de gesto e de vestido. Cândido Neves andara a pesquisá-la sem melhor fortuna[21], e abrira mão do negócio; imaginou que algum amante da escrava a houvesse recolhido. Agora, porém, a vista nova da quantia e a necessidade dela animaram Cândido Neves a fazer um grande esforço derradeiro. Saiu de manhã a ver e indagar pela Rua e Largo da Carioca, Rua do Parto e da Ajuda, onde ela parecia andar, segundo o anúncio. Não a achou; apenas um farmacêutico da Rua da Ajuda se lembrava de ter vendido uma onça[22] de qualquer droga, três dias antes, à pessoa que tinha os sinais indicados. Cândido Neves parecia falar como dono da escrava, e agradeceu cortesmente a notícia. Não foi mais feliz com outros fugidos de gratificação incerta ou barata.

Voltou para a triste casa que lhe haviam emprestado. Tia Mônica arranjara de si mesma a dieta para a recente mãe, e tinha já o menino para ser levado à Roda. O pai, não obstante o acordo feito, mal pôde esconder a dor do espetáculo. Não quis comer o que tia Mônica lhe guardara; não tinha fome, disse, e era verdade. Cogitou mil modos de ficar com o filho; nenhum prestava. Não podia esquecer o próprio albergue em que vivia. Consultou a mulher, que se mostrou resignada. Tia Mônica pintara-lhe a criação do menino; seria maior a miséria, podendo suceder que o filho achasse a morte sem recurso. Cândido Neves foi obrigado a cumprir a promessa; pediu à mulher que desse

---

[21] Fortuna: êxito
[22] Onça: antiga unidade de medida de peso

ao filho o resto do leite que ele beberia da mãe. Assim se fez; o pequeno adormeceu, o pai pegou dele, e saiu na direção da Rua dos Barbonos.

Que pensasse mais de uma vez em voltar para casa com ele, é certo; não menos certo é que o agasalhava muito, que o beijava, que lhe cobria o rosto para preservá-lo do sereno. Ao entrar na Rua da Guarda Velha, Cândido Neves começou a afrouxar o passo.

— Hei de entregá-lo o mais tarde que puder, murmurou ele.

Mas não sendo a rua infinita ou sequer longa, viria a acabá-la; foi então que lhe ocorreu entrar por um dos becos que ligavam aquela à Rua da Ajuda. Chegou ao fim do beco e, indo a dobrar à direita, na direção do Largo da Ajuda, viu do lado oposto um vulto de mulher; era a mulata fugida. Não dou aqui a comoção de Cândido Neves por não podê-lo fazer com a intensidade real. Um adjetivo basta; digamos enorme. Descendo a mulher, desceu ele também; a poucos passos estava a farmácia onde obtivera a informação, que referi acima. Entrou, achou o farmacêutico, pediu-lhe a fineza de guardar a criança por um instante; viria buscá-la sem falta.

— Mas...

Cândido Neves não lhe deu tempo de dizer nada; saiu rápido, atravessou a rua, até ao ponto em que pudesse pegar a mulher sem dar alarma. No extremo da rua, quando ela ia a descer a de S. José, Cândido Neves aproximou-se dela. Era a mesma, era a mulata fujona.

— Arminda! bradou, conforme a nomeava o anúncio.

Arminda voltou-se sem cuidar malícia. Foi só quando ele, tendo tirado o pedaço de corda da algibeira, pegou dos braços da escrava, que ela compreendeu e quis fugir. Era já impossível. Cândido Neves, com as mãos robustas, atava-lhe os pulsos e dizia que andasse. A escrava quis gritar, parece que chegou a soltar alguma voz mais alta que de costume, mas entendeu logo que ninguém viria libertá-la, ao contrário. Pediu então que a soltasse pelo amor de Deus.

– Estou grávida, meu senhor! exclamou. Se Vossa Senhoria tem algum filho, peço-lhe por amor dele que me solte; eu serei tua escrava, vou servi-lo pelo tempo que quiser. Me solte, meu senhor moço!

– Siga! repetiu Cândido Neves.

– Me solte!

– Não quero demoras; siga!

Houve aqui luta, porque a escrava, gemendo, arrastava-se a si e ao filho. Quem passava ou estava à porta de uma loja, compreendia o que era e naturalmente não acudia. Arminda ia alegando que o senhor era muito mau, e provavelmente a castigaria com açoites, – coisa que, no estado em que ela estava, seria pior de sentir. Com certeza, ele lhe mandaria dar açoites.

– Você é que tem culpa. Quem lhe manda fazer filhos e fugir depois? perguntou Cândido Neves.

Não estava em maré de riso, por causa do filho que lá ficara na farmácia, à espera dele. Também é certo que não costumava dizer grandes coisas. Foi arrastando a escrava pela Rua dos Ourives, em direção à da Alfândega, onde residia o senhor. Na esquina desta a luta cresceu; a escrava pôs os pés à parede, recuou com grande esforço, inutilmente. O que alcançou foi, apesar de ser a casa próxima, gastar mais tempo em lá chegar do que devera. Chegou, enfim, arrastada, desesperada, arquejando. Ainda ali ajoelhou-se, mas em vão. O senhor estava em casa, acudiu ao chamado e ao rumor.

– Aqui está a fujona, disse Cândido Neves.

– É ela mesma.

– Meu senhor!

– Anda, entra...

Arminda caiu no corredor. Ali mesmo o senhor da escrava abriu a carteira e tirou os cem mil-réis de gratificação. Cândido Neves guardou as duas notas de cinquenta mil-réis, enquanto o senhor novamente dizia à escrava que entrasse. No chão, onde jazia, levada do medo e da dor, e após algum tempo de luta a escrava abortou.

O fruto de algum tempo entrou sem vida neste mundo, entre os gemidos da mãe e os gestos de desespero do dono. Cândido Neves viu todo esse espetáculo. Não sabia que horas eram. Quaisquer que fossem, urgia correr à Rua da Ajuda, e foi o que ele fez sem querer conhecer as consequências do desastre.

Quando lá chegou, viu o farmacêutico sozinho, sem o filho que lhe entregara. Quis esganá-lo. Felizmente, o farmacêutico explicou tudo a tempo; o menino estava lá dentro com a família, e ambos entraram. O pai recebeu o filho com a mesma fúria com que pegara a escrava fujona de há pouco, fúria diversa, naturalmente, fúria de amor. Agradeceu depressa e mal, e saiu às carreiras, não para a Roda dos enjeitados, mas para a casa de empréstimo com o filho e os cem mil-réis de gratificação. Tia Mônica, ouvida a explicação, perdoou a volta do pequeno, uma vez que trazia os cem mil-réis. Disse, é verdade, algumas palavras duras contra a escrava, por causa do aborto, além da fuga. Cândido Neves, beijando o filho, entre lágrimas, verdadeiras, abençoava a fuga e não se lhe dava do aborto.

– Nem todas as crianças vingam, bateu-lhe o coração.

(Relíquias de casa velha, 1906)

Maibi*

Alberto Rangel

> País medonho e desolado! Pesa alguma
> maldição sobre o solo? Creio ver sangue
> nas raízes desta árvore mirrada e doente.
> (H. Heine – *Atta Troll*)

Uma figura alentada[1] e bruta, com a bocaça mascarada pela franja da bigodeira ruça[2], dizia a outra personagem, chupada[3], esfanicada[4] de sezões[5] e mau passadio[6], com uns raros pelos duros nos cantos dos lábios e no queixo prognato[7]:

— Então, o negócio está feito... estamos entendidos. Você nada me deve e deixa a Maibi com o Sérgio.

— Sim senhor, respondeu o escanzelado[8], retendo um suspiro.

Pronunciava-se este diálogo junto ao balcão, no armazém, entre o tenente Marciano, dono do Soledade, e um seu freguês, o Sabino da Maibi. Quando a operação hedionda finalizou

---

* Agradecemos a sugestão do prof. Antonio Candido para a inclusão deste conto nesta antologia
[1] Alentada: avantajada, grande, volumosa
[2] Ruça: grisalha
[3] Chupada: muito magra
[4] Esfanicada: magra
[5] Sezões: febre intermitente, em geral devido à malária
[6] Passadio: alimentação diária
[7] Prognato: projetado para a frente
[8] Escanzelado: magro como cão faminto

assim, de uma assentada, entre os dois homens, o sol descambava mordendo o friso verde-negro da mata, e a luz de fora filtrava-se por entre as brechas das paxiúbas[9] mal ajustadas, no barracão, como se coada fosse por entre as barras férreas de um calabouço, guardando dois réprobos[10].

Mas, que negócio fora afinal firmado? O Sabino devia ao patrão sete contos e duzentos, que a tanto montava a adição das parcelas de dívidas de quatro anos atrás, e cedia a mulher a um outro freguês do seringal, o Sérgio, que por sua vez assumia a responsabilidade de saldar essa dívida. O mais comum dos arranjos comerciais, essa transferência de débito, com o assentimento do credor, por saldo de contas.

A troca interessava ao patrão, que ficava mais seguro com o Sérgio, rapaz afamado como trabalhador insigne[11]. E o Sabino iria labutar com ânimo, na esperança, agora bem realizável, de tirar saldo[12] no fim do ano. Com a mulher, a sua peia[13] maior também tinha desaparecido: os sete contos e tanto, que neles pensar era se lançar pela certa num deplorável estado de desalento. Compreendia o Sabino que, em companhia da esposa, por mais que trabalhasse, nunca pagaria a dívida crescente e escravo se tornava. O débito era um par de machos[14]...

"Tirar saldo" é a obsessão do trabalhador, no seringal. E como não ser assim, se o saldo é a liberdade? O regime da indústria seringueira tem sido abominável. Instituiu-se o trabalho com a escravidão branca! Incidente à parte na civilização nacional, determinaram-no as circunstâncias de uma exploração sem lei.

---

[9] Paxiúbas: palmeiras, com cujas folhas costuma-se cobrir as casas
[10] Réprobos: condenados
[11] Insigne: notável
[12] Tirar saldo: liquidar a dívida
[13] Peia: empecilho, amarra
[14] Machos: burros

O código surgiu mesmo nas contingências[15] da luta. Não por intimações de uma autoridade, que não existia; mas por acordo tácito entre todos. Demais, fora preciso organizar, em plena selva, aquilo de que o pensamento social do país, focado na Rua do Ouvidor[16], não cogitara nunca. Dir-se-ia uma nação de malandrins, um país de cocanha[17]; jamais se sentiu a necessidade de dar ordem ao trabalho, como se este a ninguém preocupasse. Incrível dizer-se – foram seringueiros que golpearam a lei fundamental da nação livre! Porquanto aconteceu então, ante condições especialíssimas, o que se houvera seguido espontaneamente não bastava. Um seringal, em fim de contas, não era a estância[18] de gado, nem a fazenda de café, nem o engenho de cana. O que satisfazia na campanha do Rio Grande, no oeste de São Paulo, no interior de Pernambuco, não era suficiente no Madeira, no Purus, no Juruá. Desde logo o que a legislação não previu, a indústria nascente fundou. Não era o exercício de simples crueldade; mas o resultado dos interesses do capital que instituíra a sua própria defesa. Lógico, pelo menos fatal. Os estatutos da nova sociedade, que quis viver, receberam esta base: não poder o seringueiro abandonar o seringal sem estar quite para com o patrão.

Por isso, em muitas ocasiões, dera ao Sabino o ímpeto de sacudir fora o balde de leite[19], cruzar os braços na estrada, nela ficando hirto[20], até a morte sobrevir; outras vezes, pensara em correr os riscos de roubar uma canoa e fugir para Manaus... Chegar de sua terra, no insólito desejo de fortuna, para

---

[15] Contingências: incertezas sobre se uma coisa acontecerá ou não
[16] Rua do Ouvidor: na época, a principal rua do Rio de Janeiro
[17] País de cocanha: país imaginário, onde há de tudo em abundância
[18] Estância: fazenda
[19] Leite; no caso, o látex da seringueira
[20] Hirto: imóvel

estabelecer-se um dia no Sitiá, com o campo de panasco[21] e uns novilhos e cabras; e, em troca, ali ficar no estranho deserto alagadiço de um fundão do Amazonas, comido de "praga"[22], e a cair de sezões! Com a situação, que se lhe oferecia, de solvado[23] o seu pobre coração renascia. Haveria de voltar à sua terra, se Deus quisesse!

Bem tempo fazia que deixara o baixo Amazonas, primeira etapa de seu êxodo de condenado. Lá trabalhara três anos sem vantagem. Afora um pouco de "tapuru"[24], a seringa[25] era "fraca", "itaúba"[26]. No lago do Castanho, casara-se com aquela cabocla, linda cunhã[27], enguiço núbil[28], tentação que lhe chegara para atrapalhar a vida, pois, se tivesse vindo sozinho, nessa época, labutar no alto, na seringa, estaria certamente, a essas horas, no seu querido Ceará. Era verdade que, em companhia da Maibi, mais doce lhe correra a existência... Contudo, tinha sido um atropelo. Conseguira desenvencilhar-se, mas ganhando; tinha saudade, porém, da "danada" cabocla. Ah! os olhos dela, tingidos no sumo do pajurá[29]; o andar miúdo e ligeiro de um maçarico[30]; ah! os seus cabelos do negror da poupa[31] de mutum-fava[32]; o vulto roliço... As carícias ardentes da moça iriam agora aplicar-se em outro... Nos braços de outro

---

[21] Panasco: erva de pasto
[22] "Praga": insetos
[23] Solvado: quitado
[24] "Tapuru": árvore que, não sendo a seringueira, dela também se extrai borracha de boa qualidade
[25] Seringa: o líquido extraído da seringueira, látex
[26] "Itaúba": árvore da qual se extrai borracha de qualidade inferior
[27] Cunhã: mulher jovem
[28] Enguiço núbil: estorvo advindo do casamento
[29] Pajurá: árvore da Amazônia de frutos comestíveis
[30] Maçarico: ave de pernas e bico longos
[31] Poupa: crista
[32] Mutum-fava: ave do Alto Amazonas

ela se arrebataria em juras e suspiros... Fora-lhe bem duro apartar-se; mas "era o jeito". E o seringueiro procurava abafar pensamentos que o incomodavam...

O certo é que, ao sair do armazém, a sensação do Sabino foi a de desafrontado[33] de carregosa[34] canga[35].

O dia, um domingo de março, era de movimento no barracão; os fregueses das barracas do seringal vinham em visita e a negócios. Escasseavam a farinha-d'água, o pirarucu[36] e o jabá, mas o "vapor da casa"[37] estava para chegar com o aviamento[38]. E a gente afluía, insofrida[39], a buscar mantimentos, e curiosa de uns "brabos"[40] que o vapor traria; mas, no fundo, convergida pelas exigências irrevogáveis da sociabilidade, cada vez mais intensas no regime de isolamento que os devorava.

Ao anoitecer, grande número de fregueses enchia a sala maior do barracão, para a "rocega"[41]. A gaita começava a soar nos soluçosos bemóis de uma valsa ronceira[42]. E então, aqueles homens, no meio dos quais havia apenas duas mulheres, se agarraram aos pares, desabalando-se a dançar sobre o soalho flácido e ondulado das paxiúbas. Um "farol de gás" se prendia ao pendural[43] das tesouras[44], no travejamento quase perdido no fumo envolvente do tabaco. Cessada a música, era o rumor alto

---

[33] Desafrontado: aliviado
[34] Carregosa: pesada
[35] Canga: opressão
[36] Pirarucu: peixe da bacia amazônica
[37] "Vapor da casa": embarcação a serviço do armazém, do barracão
[38] Aviamento: mercadoria fornecida pelo comissário de seringueiros
[39] Insofrida: impaciente
[40] "Brabos": seringueiros recém-chegados ao seringal
[41] "Rocega": arrasta-pé, dança
[42] Ronceira: lenta
[43] Pendural: viga
[44] Tesouras: peças de madeira ou ferro que sustentam o teto

de conversa e risadas, até que a harmônica incansável e fanhosa gemesse novos compassos.

Tarde da noite, a uma observação do tenente: "basta por hoje, rapaziada!" a sala se esvaziara. Os seringueiros demandaram os pousos. O barracão ficara acaçapado[45] e tétrico, mais negro ainda na noite onde fuzilava[46], entreluzindo, o pequenino diamante azul de uma única estrela abandonada.

A primeira cara que o Marciano viu, pela manhã seguinte, foi a do Sabino. O patrão disparou logo:

— Está arrependido? Se quiser, pode ir para outro seringal; não me desgosta. Se deseja ficar, também pode... Não proíbo... Faça o que entender.

O Sabino declarou que não se havia arrependido; não metia o pé atrás, e que queria trabalhar, mas em "colocação, no centro". Tencionava ficar na do Paulino, que morrera, havia quatro dias passados, picado por uma tucanaboia[47]. A estrada[48] de dois "frascos"[49] e meio não era grande cousa, mas sempre influía. Demais, contava que "seu" tenente lhe aviasse todo o pedido. Não era muito: uma tarrafa[50], um par de calças de zuarte[51], pílulas "carapanã" e "taurinas"[52], caixas de bala, a farinha e o pirarucu; cousas que um homem degradado[53] naqueles mundos não podia prescindir. Deveria então começar a roçar a estrada? Na semana que entrava, queria estar "sangrando as madeiras"...

O tenente assentia com desusada benevolência:

---

[45] Ficara acaçapado: tornara-se menor, encolhera-se
[46] Fuzilava: lançava raios, faiscava
[47] Tucanaboia: um tipo de cobra colorida
[48] Estrada: grupo de cerca de uma centena de seringueiras
[49] "Frascos": medida correspondente a dois litros
[50] Tarrafa: tipo de rede de pesca
[51] Zuarte: tecido de algodão grosso
[52] Pílulas "carapanã" e "taurinas": pílulas contra o paludismo ou maleita
[53] Degradado: o mesmo que degregado, exilado

— Pois sim! Pois sim!... Há de se arranjar tudo... O "Rio Yaco" chegará por estes dias...

Com efeito, uma semana depois, o vapor atracava ao Soledade, no alvoroço da gente insofrida em aguardá-lo. Muitas horas levou a despejar carga. Algumas reses foram atiradas do portaló[54] para a água, onde caíram, nadando expeditas[55] para a terra. Caixas, paneiros[56], fardos e garrafões passavam pela prancha, atropeladamente, como se fossem baldeados por contrabandistas em pânico. Numa agitada faina[57], tudo se amontoava em terra, a fim de ser transportado ao armazém, a não ser o gado disperso, que aparava os brotos, espontando as canaranas na beira.

Com o carregamento desembarcara o pessoal, que o guarda-livros fora buscar ao Ceará. Umas vinte cabeças, gente do Crato e de Crateús. Os agenciados tinham sido, no porto de Camocim, cinquenta ao todo. Mas uns haviam fugido no Pará, outros em Manaus e cinco haviam "dado o prego"[58] com as febres.

"Oh! canalha safada!" tal a frase que o empregado entremeava, a cada passo, aludindo aos engajados, no relatar facundo[59], ao Marciano, os trâmites da missão de que fora incumbido. Um subprefeito, em Manaus, a quem dera queixa, ninguém mandara ao encalço dos homens foragidos no Mocó... Estava toda a campanha amaldiçoada em trinta contos. O guarda-livros culpava também do desastre da expedição à "casa aviadora"[60], porque esta demorara em Belém a partida do navio, e o gerente

---

[54] Portaló: passagem na balaustrada do navio
[55] Expeditas: rápidas
[56] Paneiros: cestos de malhas largas
[57] Faina: trabalho árduo
[58] Dado o prego: morrido, falecido
[59] Facundo: eloquente, falador
[60] "Casa aviadora": negócio especializado em suprimentos aos seringais

tinha "quebrado o corpo"[61], recusando-se a adiantar os "borós"[62] para acudir ao sustento do pessoal...

O momento chegou, em plena noite, que o "Rio Yaco", estrepitoso do vapor vomitado pelo tubo de descarga, recolhida a prancha, desamarrados os cabos, largou brandamente do barranco. Um apito roncante de "sereia"[63] ecoou sinistro, ululando no ermo.

Após o berro da despedida do "gaiola"[64], a vida no Soledade seguiu o curso normal. Da célula central – o barracão – irradiavam outras células – as barracas –, no sistema orgânico dessa fraca e fundamental urdidura[65], que cobre léguas quadradas com o trabalho de alguns homens apenas. Pelos varadouros[66] e igarapés[67], os aviamentos parciais eram transportados pelos "fregueses do toco[68]", em jamaxis[69] ou canoas.

Marciano, antes da dispersão dos novos fregueses, os reunira na vasta sala do Soledade e lhes dirigira uma fala. Exigia trabalho e freguês com saldo. Isto de gente devendo, não era com ele. Não queria saber de histórias, queria borracha! E, desprezando escrúpulos e cuidados na conservação da riqueza florestal, com que a boa Natureza lhe presenteara, resumia brutalmente, na homilia[70], o programa absurdo da sua exploração: "Quem for tatu que cave; quem for macaco que trepe". Explicava esse lema bizarro. Não se opunha que as seringueiras fossem

---

[61] "Quebrado o corpo": desistido, esquivado
[62] "Borós": dinheiro, cédulas
[63] "Sereia": sirene
[64] Gaiola: embarcação fluvial a vapor
[65] Urdidura: trama, teia
[66] Varadouros: atalhos
[67] Igarapés: canais estreitos
[68] "Fregueses do toco": seringueiros
[69] Jamaxis: cestos de timbó, usados pelos seringueiros, com alça que lhes rodeia a testa
[70] Homilia: pregação

lavradas das raízes aos galhos, num decreto de extinção formal. Construíssem mutás: arapucas desengonçadas, grosseiros andaimes para atingir, em faixa mais alta, os vasos captores da goma preciosa; ou empregassem o "arrocho": medonho apertão, dia a dia constringido, para que o tronco, esganado no garrote, ressumasse[71] até as fezes a seiva valiosíssima. Um máximo de produto, mesmo à custa do aniquilamento das árvores, exigia o patrão, na formidável ignorância que, generalizada, liquidaria a principal riqueza da bacia amazônica, estancando-a na sua fonte.

Ao fim dessas recomendações imperiosas de crime ou inconsciência, os "brabos" foram se estabelecer, às pressas, nas estradas recém-abertas pelo "mateiro", na última invernia[72].

A lufa-lufa[73] de "meter gente nas colocações" cessou por fim. Iniciara-se o ramerrão do "fábrico"[74]. Até o termo da safra, entrava mês, saía mês, o tenente, na ponte do Soledade, ou sentado na varanda, tranquilizado de fortuna por um gordo saldo no Prusse, mas, calculando a conta de lucros e de perdas provável, consumia charutos caros, passando os olhos pelos jornais, ou pervagando-os pelas margens do rio em debruns[75] uniformes de oiranas[76] insípidas.

O barracão do Soledade dominava em mangrulho[77] a chateza da veiga[78] circundante. E, como se uma grandiosa relha[79] de charrua[80] tivesse tentado arar[81] a planície, a água refundava

---

[71] Resumasse: gotejasse, vertesse
[72] Invernia: tempo frio e de chuvas abundantes, inverno
[73] Lufa-lufa: corre-corre, agitação
[74] "Fábrico": período seco, durante o qual se corta e se faz a borracha
[75] Debruns: contornos
[76] Oiranas: um tipo de árvore, salgueiro do rio
[77] Mangrulho: posto de observação em lugar elevado
[78] Veiga: várzea
[79] Relha: parte do arado que penetra na terra
[80] Charrua: arado grande, de ferro
[81] Arar: sulcar, abrir sulcos com arado

o sulco fertilizante, num augusto[82] lavrar para as searas de Pã[83]... A mata pintava-se de um mesmo verde-veroneso; o céu embebia-se de aguada azul da Prússia; as horas escorriam na lentura de um óleo denso, dessangrando por fino sangradouro; o sol rojava-se diariamente pelos seus paços imperiais, num servilismo de escravo...

Foi durante uma tarde vazia, fúlgida e vagarosa, que o Marciano divisou certa canoa dobrando a curva do remanso, de rumo ao barracão. Da margem oposta ela atravessou, dando ondulações em viés à túnica lisa e cinzenta do rio. Na proa, o remador amiudava, sôfrego, as remadas. Mal encostando a embarcação, ele saltara em terra. Era o Sérgio, que vinha pálido, visivelmente comovido. Acercando-se do patrão, contou-lhe que aproveitara uns dias de chuva, nos quais não pudera "cortar", para fazer a viagem ao "centro"; mas que, ao voltar, não encontrara mais em casa a Maibi. A cabocla desaparecera; só deixara uma anágua no baú de marupá[84]. Estava farto de procurar... iria até a extrema de baixo, indagando... chegaria mesmo ao Umarizal. E o Sérgio, devastado de indignação e angústia, desceu precipitadamente a escada da ponte.

O tenente, com o seu pretendido faro de antiga autoridade policial em São João de Uruburetama, lembrou-se do Sabino. Quem saberia se o cearense, enciumado, não dera sumiço à rapariga? Ocorreu-lhe mandar ao centro um homem de confiança ver se lá encontrava o indiciado e, à sorrelfa[85], bispava[86] alguma coisa...

---

[82] Augusto: majestoso
[83] Pã: símbolo mitológico da Natureza
[84] Marupá: árvore de madeira branca e leve, usada em caixotaria
[85] À sorrelfa: sorrateiramente
[86] Bispava: entrevia

Sentado num banco, na cozinha, o Zé Magro cortava e recortava o rolo de "Acará"[87], cantarolando em surdina:

> Migo, migo, migo, migo
> Este molho de tabaco,
> Que fumo de tico em tico
> E masco de taco em taco,

quando ouviu que o chamavam. Acudiu pronto, cessando o trauteio[88]. Recebidas as ordens e instruções do Tenente, tomou do rifle e partiu.

De um pulo atravessou o campo, transpôs a "estiva"[89] e afundou na mata, desaparecendo pelo "travessão". Um pouco mais tarde, o "próprio" de sobre-rolda[90] topava com o Sabino, que saía da boca da estrada. Este vestia uma camisa sórdida, calças trapejando nos pés metidos em sapatas de borracha; e tinha a cabeça rebuçada[91] na chita do mosquiteiro. Aparelhava-o o terçado enfiado na cinta, nas mãos o machadinho e o balde; pendido ao flanco um pequeno saco e o rifle atravessado nas costas. O uniforme traduzia a miséria e o arriscado do ofício.

Entabularam conversa.

– Bom-dia hoje?... Leite muito, hein?... indagou o Zé Magro.

Sabino respondeu-lhe, dominando a custo a comoção que o abatia:

– Nem por isto... E, esforçando-se por se acalmar: – botei "uma madeira em pique", pau monstro, "apaideguado"[92]... E

---

[87] Rolo de "Acará": fumo de corda
[88] Trauteio: cantarola
[89] Estiva: ponte tosca feita de paus
[90] De sobre-rolda: fazendo a ronda
[91] Rebuçada: escondida
[92] "Apaideguado": muito grande

boa que admira... É para doze tigelas. Só ela dá um "frasco". Eu não via o diabo. Passava junto e não dava com a bruta... E no entanto estava logo depois da boca da primeira "manga"[93].

O outro, surpreso da serenidade do Sabino, resmoneou[94] desconcertado, referindo-se ao capricho costumeiro da "mãe da seringueira"[95], que escondia as árvores. E, para disfarçar a espionagem, revelou-se curioso:

— Bem queria ver esse pau... se é o que você diz!

— Pois vá, replicou o Sabino. Há de se admirar, e você, apesar de não ser nenhum "brabo", nunca viu coisa igual. Fica logo ao pé de um açacuzeiro[96], depois de um cerrado de "unhas-de-gato"[97] e jurarás[98]...

— Está bom, deixe-me espiar. E o Zé Magro foi endireitando para o maciço da mata onde, mesmo por detrás do "defumador", desembocava a estrada.

Sabino, que ficou atentando no espião, mal este desaparecera, tomou a própria cabeça entre as mãos e sacudia-se todo, oirado[99] em paroxismos epilépticos. Andava para um lado e para o outro, ia, voltava, levando as mãos ao peito como para arrancar uma víscera de dentro, e puxava os cabelos, enlaçando soluços a rugidos. Parecia investir para a estrada a chamar alguém; depois, como que arrependido, corria até o aceiro[100] da floresta, atolava-

---

[93] Manga: conjunto de seringueiras
[94] Resmoneou: resmungou
[95] "Mãe da seringueira": entidade protetora das seringueiras, que pune quem as maltrata
[96] Açacuzeiro: árvore que segrega látex venenoso
[97] "Unhas-de-gato": arbustos com espinhos recurvados como as unhas dos gatos
[98] Jurarás: provavelmente nome de planta, embora os dicionários registrem como um tipo de tartaruga
[99] Oirado: alheado, estonteado
[100] Aceiro: desbaste do terreno em volta da mata para evitar a propagação de incêndios

se no chavascal[101] próximo... Produzia a impressão de que fosse ameaçado por um açoite de fogo, e o perseguidor instrumento sinistro chegasse a alcançar a vítima, fazendo-a saltar e volver-se, fugindo ao contato espicaçante[102] dos látegos[103].

Enquanto isso, o Zé Magro seguia pensativo e suspicaz à cata da seringueira fenomenal. A estrada frondejada é apenas um trilho, em busca das árvores a cortar. Mas, quase sempre a linha poligonal mantém a orientação que a fecha sobre si mesma. Por vezes dispartem dela outros polígonos menores: as "voltas", ou simples linhas: as "mangas"; mas sempre o seu traço total é o de um carreiro, enrodilhando a centena de "madeiras" a explorar. O seringueiro no "fábrico" percorre-a às pressas. Vai muitas vezes mesmo antes que amanheça, então à luz do "farol" ou lamparina, embutindo as tigelinhas sob o golpe pequeno e em diagonal, na devida "arreação"[104]; voltará imediatamente nas mesmas pegadas a fim de recolher no balde o leite das tigelas. Manhã alta chega o seringueiro estropeado; e tem ainda de defumar o látex d'olhos castigados ao fumo acre dos cocos, que ardem embaixo do "boião".

No hábito do serviço, o Zé Magro seguia a passos rápidos, mal notara o açacuzeiro no cerrado de cipós, e já se quedava aterrado diante o espetáculo imprevisto e singular. Uma mulher, completamente despida, estava amarrada a certa seringueira. Não se lhe via bem a face na moldura lustrosa, em jorro negro e denso, dos cabelos fartos.

O Zé Magro acercou-se, tremendo, a examinar a realidade terrível; na crucificada reconheceu, estupefacto, a mulher do Sabino e do Sérgio.

---

[101] Chavascal: mata de espinheiros
[102] Espicaçante: torturante
[103] Látegos: chicotes, açoites
[104] "Arreação": série de golpes verticais com que se sangra a seringueira

Atado com uns pedaços de ambécima[105] à "madeira" da estrada, o corpo acanelado da cabocla adornava bizarramente a planta que lhe servia de estranho pelourinho[106]. Era como uma extravagante orquídea, carnosa e trigueira, nascida ao pé da árvore fatídica. Sobre os seios túrgidos[107], sobre o ventre arqueado, nas pernas rijas, tinha sido profundamente embutida na carne, modelada em argila baça[108], uma dúzia de tigelas. Devia o sangue da mulher enchê-las e por elas transbordar, regando as raízes do poste vivo que sustinha a morta. Nos recipientes o leite estava coalhado – um sernambi[109] vermelho...

Tinha esse espetáculo de flagício[110] inédito a grandeza emocional e harmoniosa de imenso símbolo pagão, com a aparência de holocausto cruento oferecido a uma divindade babilônica, desconhecida e terrível. É que, imolada na árvore, essa mulher representava a terra...

O martírio de Maibi, com a sua vida a escoar-se nas tigelinhas do seringueiro, seria ainda assim bem menor que o do Amazonas, oferecendo-se em pasto de uma indústria que o esgota. A vingança do seringueiro, com intenção diversa, esculpira a imagem imponente e flagrante de sua sacrificadora exploração. Havia uma auréola de oblação[111] nesse cadáver, que se diria representar, em miniatura um crime maior, não cometido pelo Amor, em coração desvairado, mas pela Ambição coletiva de milhares d'almas endoidecidas na cobiça universal.

Precipitado, o Zé Magro voltou, e, quando apareceu na boca da estrada, quem o visse não o reconheceria. A comoção

---

[105] Ambécima: não registrado. Talvez ambecuma, planta da Amazônia
[106] Pelourinho: coluna de pedra ou madeira, onde se castigam os criminosos
[107] Túrgidos: inchados, cheios
[108] Baça: embaciada, a que falta brilho
[109] Sernambi: borracha de qualidade inferior
[110] Flagício: ação criminosa, infâmia
[111] Oblação: oferenda

dera uma pátina ao bronze mate de seu rosto. Olhou em torno. Tomando do rifle, aperrou-o[112], e em sinal de socorro fez fogo várias vezes seguidamente. A mata dormente, ao meio-dia cálido, não despedia o menor murmúrio. Parecia, de imóvel, marmorizada numa hipnose. O Zé Magro olhou mais detidamente em volta. Ansiado, não se conteve, bramiu: "Sabino! Eh! Sabino..."

Só o grito áspero de um cauré[113] acudiu ao chamado. "Sabino... Sabino!..."

E ao novo apelo mais fremente nem o malvado gavião respondeu mais.

(Inferno verde, 1908)

Alberto Rangel (Recife, PE, 1871 – Nova Friburgo, RJ, 1945) estudou na Escola Militar, onde foi contemporâneo de Euclides da Cunha. Seu livro mais conhecido é *Inferno verde,* contos dentro da estética do regionalismo que têm por cenário a Amazônia, para o qual seu famoso amigo e colega de escola fez o prefácio e que visivelmente influenciou. Escreveria outros livros, com assuntos e estilos variados. Deve-se a ele a edição das cartas de Pedro I à Marquesa de Santos, acompanhada de meticuloso estudo. Tornou-se diplomata de carreira e viveu longos períodos fora do Brasil. Deixou memórias em cinco volumes, *Águas revessas,* ainda inéditos, nos quais conta suas experiências pelo mundo afora.

---

[112] Aperrou-o: engatilhou-o
[113] Cauré: gaviãozinho

A fome negra

João do Rio

De madrugada, escuro ainda, ouviu-se o sinal de acordar. Raros ergueram-se. Tinha havido serão até a meia-noite. Então, o feitor, um homem magro, corcovado, de tamancos e beiços finos, o feitor, que ganha duzentos mil-réis e acha a vida um paraíso, o sr. Correia, entrou pelo barracão onde a manada de homens dormia com a roupa suja e ainda empapada do suor da noite passada.

– Eh! lá! rapazes, acorda! Quem não quiser, roda. Eh! lá! Fora!

Houve um rebuliço na furna sem ar. Uns sacudiam os outros amedrontados, com os olhos só a brilhar na face cor de ferrugem; outros, prostrados, nada ouviam, com a boca aberta, babando.

– Ó João, olha o café.

– Olha o café e olha o trabalho! Ai, raios me partam! Era capaz de dormir até amanhã.

Mas, já na luz incerta daquele quadrilátero, eles levantavam-se, impelidos pela necessidade como as feras de uma *ménagerie*[1] ao chicote do domador. Não lavaram o rosto, não descansaram.

---

[1] *Ménagerie,* fr.: coleção de animais

Ainda estremunhado, sorviam uma água quente, da cor do pó que lhes impregnava a pele, partindo o pão com escaras[2] da mesma fuligem metálica, e poucos eram os que se sentavam, com as pernas em compasso, tristes.

Estávamos na ilha da Conceição, no trecho hoje denominado a Fome Negra. Há ali um grande depósito de manganês e, do outro lado da pedreira que separa a ilha, um depósito de carvão. Defronte, a algumas braçadas de remo, fica a Ponta da Areia com a Cantareira, as obras do porto fechando um largo trecho coalhado de barcos. Para além, no mar tranquilo, outras ilhas surgem, onde o trabalho escorcha[3] e esmaga centenas de homens.

Logo depois do café, os pobres seres saem do barracão e vão para a parte norte da ilha, onde a pedreira refulge[4]. Há grandes pilhas de blocos de manganês e montes de piquiri[5] em pó, em lascas finas. No solo, coberto de uma poeira negra com reflexos de bronze, há *rails*[6] para conduzir os vagonetes do minério até ao lugar da descarga. O manganês, que a Inglaterra cada vez mais compra ao Brasil, vem de Minas até à Marítima em estrada de ferro; daí é conduzido em batelões[7] e saveiros[8] até as ilhas Bárbaras e da Conceição, onde fica em depósito.

Quando chega vapor, de novo removem o pedregulho para os saveiros e de lá para o porão dos navios. Esse trabalho é contínuo, não tem descanso. Os depósitos cheios, sem trabalho de carga para os navios, os trabalhadores atiram-se à pedreira, à rocha viva. Trabalha-se dez horas por dia com pequenos intervalos para as refeições, e ganha-se cinco mil-réis. Há, além

---

[2] Escaras: cascas grossas
[3] Escorcha: esfola, tira a pele
[4] Refulge: brilha com intensidade
[5] Piquiri: nome de uma pedra
[6] *Rails*, ingl.: trilhos
[7] Batelões: grandes barcas
[8] Saveiros: barcos a vela

disso, o desconto da comida, do barracão onde dormem, mil e quinhentos; de modo que o ordenado da totalidade é de oito mil-réis, Os homens gananciosos aproveitam então o serviço da noite, que é pago até de manhã por três mil e quinhentos e até meia-noite pela metade disso, tendo, naturalmente, o desconto do pão, da carne e do café servido durante o labor.

É uma espécie de gente essa que serve às descargas do carvão e do minério e povoa as ilhas industriais de baía, seres embrutecidos, apanhados a dedo, incapazes de ter ideias. São quase todos portugueses e espanhóis que chegam da aldeia, ingênuos. Alguns saltam da proa do navio para o saveiro do trabalho tremendo, outros aparecem pela Marítima sem saber o que fazer e são arrebanhados pelos agentes. Só têm um instinto: juntar dinheiro, a ambição voraz que os arrebenta de encontro às pedras inutilmente. Uma vez apanhados pelo mecanismo de aços, ferros e carne humana, uma vez utensílio apropriado ao andamento da máquina, tornam-se autômatos com a teimosia de objetos movidos a vapor. Não têm nervos, têm molas; não têm cérebros, têm músculos hipertrofiados[9]. O superintendente do serviço berra, de vez em quando:

– Isto é para quem quer! Tudo aqui é livre! As coisas estão muito ruins, sujeitemo-nos. Quem não quiser é livre!

Eles vieram de uma vida de geórgicas[10] paupérrimas. Têm a saudade das vinhas, dos pratos suaves, o pavor de voltar pobres e, o que é mais, ignoram absolutamente a cidade, o Rio; limitam o Brasil às ilhas do trabalho, quando muito aos recantos primitivos de Niterói. Há homens que, anos depois de desembarcar, nunca pisaram no Rio e outros que, quase uma existência na ilha, voltaram para a terra com algum dinheiro e a certeza da morte.

---

[9] Hipertrofiados: inchados
[10] Geórgicas: trabalho do campo; alusão a poemas de Virgílio sobre o assunto

Vivem quase nus. No máximo, uma calça em frangalhos e camisa de meia[11]. Os seus conhecimentos reduzem-se à marreta, à pá, ao dinheiro; o dinheiro que a pá levanta para o bem-estar dos capitalistas poderosos; o dinheiro, que os recurva em esforços desesperados, lavados de suor, para que os patrões tenham carros e bem-estar. Dias inteiros de bote, estudando a engrenagem dessa vida esfalfante[12], saltando nos paióis[13] ardentes dos navios e nas ilhas inúmeras, esses pobres entes fizeram-me pensar num pesadelo de Wells[14], a realidade da *História dos tempos futuros,* o pobre a trabalhar para os sindicatos, máquina incapaz de poder viver de outro modo, aproveitada e esgotada. Quando um deles é despedido, com a lenta preparação das palavras sórdidas dos feitores, sente um tão grande vácuo, vê-se de tal forma só, que vai rogar outra vez para que o admitam.

À proporção que eu os interrogava e o sol acendia labaredas por toda a ilha, a minha sentimentalidade ia fenecendo[15]. Parte dos trabalhadores atirou-se à pedreira, rebentando as pedras. As marretas caíam descompassadamente em retintins metálicos nos blocos enormes. Os outros perdiam-se nas rumas[16] de manganês, agarrando os pedregulhos pesados com as mãos. As pás raspavam o chão, o piquiri caía pesadamente nos vagonetes, outros puxavam-nos até à beira d'água, onde as tinas de bronze os esvaziavam nos saveiros.

Durante horas, esse trabalho continuou com uma regularidade alucinante. Não se distinguiam bem os seres das pedras do manganês: o raspar das pás replicava ao bater das

---

[11] Camisa de meia: camiseta
[12] Esfaldante: cansativa
[13] Paióis: depósitos de armazenagem
[14] Wells: H.G. Wells (1866-1946), romancista inglês famoso por suas ficções fantásticas
[15] Fenecendo: acabando, terminando
[16] Rumas: pilhas

marretas, e ninguém conversava, ninguém falava! A certa hora do dia veio a comida. Atiraram-se aos pratos de folha, onde, em água quente, boiavam vagas batatas e vagos pedaços de carne, e um momento só se ouviu o sôfrego sorver e o mastigar esfomeado.

Acerquei-me de um rapaz.

– O teu nome?

– O meu nome para quê? Não digo a ninguém.

Era a desconfiança incutida pelo gerente, que passeava ao lado, abrindo a chaga do lábio num sorriso sórdido.

– Que tal achas a sopa?

– Bem boa. Cá uma pessoa come. O corpo está acostumado, tem três pães por dia e três vezes por semana bacalhau.

Engasgou-se com um osso. Meteu a mão na goela e eu vi que essa negra mão rebentava em sangue, rachava, porejando um líquido amarelado.

– Estás ferido?

– É do trabalho. As mãos racham. Eu estou só há três meses. Ainda não acostumei.

– Vais ficar rico?

Os seus olhos brilhavam de ódio, um ódio de escravo e de animal sovado.

– Até já nem chegam os baús para guardar o ouro. Depois, numa franqueza: ganha-se uma miséria. O trabalho faz-se, o mestre diz que não há... Mas, o dinheiro mal chega, homem, vai-se todo no vinho que se manda buscar.

Era horrendo. Fui para outro e ofereci-lhe uma moeda de prata.

– Isso é para mim?

– É, mas se falares a verdade.

– Ai! que falo, meu senhor...

Tinha um olhar verde, perturbado, um olhar de vício secreto.

– Há quanto tempo aqui?

– Vai para dois anos.

— E a cidade não conheces?

— Nunca lá fui, que a perdição anda pelos ares.

Este também se queixa da falta de dinheiro porque manda buscar sempre outro almoço. Quanto ao trabalho, estão convencidos que neste país não há melhor. Vieram para ganhar dinheiro, é preciso ou morrer ou fazer fortuna. Enquanto falavam, olhavam de soslaio para o Correia e o Correia torcia o cigarro, à espreita, arrastando os sacos no pó carbonífero.

— Deixe que vá tratar do meu serviço, segredavam eles quando o feitor se aproximava. Ai! Que não me adianta nada estar a contar-lhe a minha vida.

O trabalho recomeçou. O Correia, cozido ao sol, bamboleava a perna, feliz. Como a vida é banal! Esse Correia é um tipo que existe desde que na sociedade organizada há o intermediário entre o patrão e o servo. Existirá eternamente, vivendo de migalhas de autoridade contra a vida e independência dos companheiros de classe.

Às 2 horas da tarde, nessa ilha negra, onde se armazenam o carvão, o manganês e a pedra, o sol queimava. Vinha do mar, como infestado de luz, um sopro de brasa; ao longe, nas outras ilhas, o trabalho curvava centenas de corpos, a pele ardia, os pobres homens encobreados[17], com olhos injetados, esfalfavam-se, e mestre Correia, dançarinando o seu passinho:

— Vamos gente! Eh! nada de perder tempo. V. Sª não imagina. Ninguém os prende e a ilha está cheia. Vida boa!

Foram assim até a tarde, parando minutos para logo continuar. Quando escureceu de todo, acenderam-se as candeias[18] e a cena deu no macabro[19].

---

[17] Encobreado: cor de cobre
[18] Candeias: lamparinas
[19] Macabro: que causa horror

Do alto, o céu coruscava[20], incrustado de estrelas, um vento glacial passava, fogo-fatuando[21] a chama tênue das candeias e, na sombra, sombras vagas, de olhar incendido, raspavam o ferro, arrancando da alma gemidos de esforço. Como se estivesse junto do cabo e um batelão[22] largasse saltei nele com um punhado de homens.

Íamos a um vapor que partia de madrugada. No mar, a treva mais intensa envolvia o *steamer*[23], um transporte inglês com a carga especial do minério. O comandante fora ao *Cassino;* alguns *boys*[24] pouco limpos pendiam da murada com um cozinheiro chinês, de óculos. Uma luz mortiça iluminava o convés. Tudo parecia dormir. O batelão, porém, atracava, fincavam-se as candeias; quatro homens ficavam de um lado, quatro de outro, dirigidos por um preto que corria pelas bordas do barco, de tamancos, dando gritos guturais. Os homens nus, suando apesar do vento, começavam a encher enormes tinas de bronze que o braço de ferro levantava num barulho de trovoada, despejava, deixava cair outra vez.

Entre a subida e a descida da tina fatal, eu os ouvia:

– O minério! É o mais pesado de todos os trabalhos. Cada pedra pesa quilos. Depois de se lidar algum tempo com isso, sentem-se os pés e as mãos frios; e o sangue, quando a gente se corta, aparece amarelo... É a morte.

– De que nacionalidade são vocês?

– Portugueses... Na ilha há poucos espanhóis e homens de cor. Somos nós os fortes.

---

[20] Coruscava: reluzia
[21] Fogo-fatuando: brilhando como fogo-fátuo; no caso, tornando fantasmagórico
[22] Batelão: embarcação movida a remo, usada no transporte fluvial
[23] *Steamer*, ingl.: navio a vapor
[24] *Boys*, ingl.: ajudantes

O fraco, deviam dizer; o fraco dessa lenta agonia de rapazes, de velhos, de pais de famílias numerosas.
Para os contentar, perguntei:
– Por que não pedem a diminuição das horas de trabalho?
As pás caíram bruscas. Alguns não compreendiam, outros tinham um risinho de descrença:
– Para que, se quase todos se sujeitam?
Mas, um homem de barbas ruivas, tisnado[25] e velho, trepou pelo monte de pedras e estendeu as mãos:
– Há de chegar o dia, o grande dia!
E rebentou como um doido, aos soluços, diante dos companheiros atônitos.

(*A alma encantadora das ruas*, 1908)

João do Rio (Rio de Janeiro, 1881-1921). Era filho do educador Alfredo Coelho Barreto, com quem fez os estudos elementares e de humanidades. O pai, adepto do Positivismo, fez batizar o filho na igreja positivista, mas não conseguiu sua adesão. O menino, aos 16 anos, ingressou na imprensa, que seria a sua principal ocupação ao longo da vida, como repórter e cronista. Documentou a vida carioca no início do século XX em crônicas e reportagens de apreciável valor literário. Dramaturgo, fundou e foi o primeiro diretor da Sociedade Brasileira de Autores Teatrais (1917). Pertenceu à Academia de Ciências de Lisboa e à Academia Brasileira de Letras. Principais livros: *As religiões do Rio, O momento literário, A alma encantadora das ruas, A profissão de Jacques Pedreira, A correspondência de uma estação de cura, A mulher e os espelhos.*

---

[25] Tisnado: escurecido

Os trabalhadores de estiva[1]

João do Rio

Às 5 da manhã ouvia-se um grito de máquina rasgando o ar. Já o cais, na claridade pálida da madrugada, regurgitava[2] num vaivém de carregadores, catraieiros[3], homens de bote e vagabundos maldormidos à beira dos quiosques. Abriam-se devagar os botequins ainda com os bicos de gás acesos; no interior os caixeiros, preguiçosos, erguiam os braços com bocejos largos. Das ruas que vazavam na calçada rebentada do cais, afluía gente, sem cessar, gente que surgia do nevoeiro, com as mãos nos bolsos, tremendo, gente que se metia pelas bodegas e parava à beira do quiosque numa grande azáfama[4]. Para o cais da alfândega, ao lado, um grupo de ociosos olhava através das frinchas[5] de um tapume, rindo a perder; um carregador, encostado aos umbrais de uma porta, lia, de óculos, o jornal, e todos gritavam, falavam, riam, agitavam-se na frialdade daquele acordar, enquanto dos

---

[1] Estiva: serviço de carga e descarga do navio
[2] Regurgitava: transbordava
[3] Catraieiros: tripulantes da catraia, barco pequeno
[4] Azáfama: pressa
[5] Frinchas: fendas, frestas

botes policrômicos[6] homens de camisa de meia ofereciam, aos berros, um passeiozinho pela baía. Na curva do horizonte, o sol de maio punha manchas sangrentas e a luz da manhã abria, como desabrocha um lírio, no céu pálido.

Eu resolvera passar o dia com os trabalhadores da estiva e, naquela confusão, via-os vir chegando a balançar o corpo, com a comida debaixo do braço, muito modestos. Em pouco, a beira do cais ficou coalhada. Durante a última greve, um delegado de polícia dissera-me:

— São criaturas ferozes! Nem a tiro.

Eu via, porém, essas fisionomias resignadas à luz do sol e elas me impressionavam de maneira bem diversa. Homens de excessivo desenvolvimento muscular, eram todos pálidos — de um pálido embaciado como se lhes tivessem pregado à epiderme um papel amarelo, e assim, encolhidos, com as mãos nos bolsos, pareciam um baixo-relevo[7] de desilusão, uma frisa[8] de angústia. Acerquei-me do primeiro, estendi-lhe a mão:

— Posso ir com vocês, para ver?

Ele estendeu também a mão, mão degenerada pelo trabalho, com as falanges recurvas e a palma calosa e partida.

— Por que não? Vai ver apenas o trabalho, fez com amarga voz.

E quedou-se, outra vez, fumando.

— É agora a partida?

— É.

Entre os botes, dois saveiros enormes, rebocados por uma lancha, esperavam. Metade dos trabalhadores, aos pulos, bruscamente, saltou para os fardos. Saltei também. Acostumados, indiferentes à travessia, eles sentaram-se calados, a fumar. Um vento frio cortava

---

[6] Policrômicos: de muitas cores
[7] Baixo-relevo: ornamento esculpido na parede
[8] Frisa: tira pintada ou esculpida

a baía. Todo um mundo de embarcações movia-se, coalhava o mar, riscava a superfície das ondas; lanchas oficiais em disparada, com a bandeira ao vento; botes, chatas[9], saveiros, rebocadores[10]. Passamos perto de uma chata parada e inteiramente coberta de oleados. Um homem, no alto, estirou o braço, saudando.

– Quem é aquele?

– É o José. É chateiro-vigia. Passou todo o dia ali para guardar a mercadoria dos patrões. Os ladrões são muitos. Então, fica um responsável por tudo, toda a noite, sem dormir, e ganha seis mil-réis. Às vezes, os ladrões atacam os vigias acordados e o homem, só, tem que se defender a revólver.

Civilizado, tive este comentário frio:

– Deve estar com sono, o José.

– Qual! Esse é dos que dobra dias e dias. Com mulher e oito filhos precisa trabalhar. Ah! Meu senhor, há homens, por este mar afora, cujos filhos de seis meses ainda os não conhecem. Saem de madrugada de casa. O José está à espera que a alfândega tire o termo da carga[11], que não é estrangeira.

Outras chatas perdiam-se paradas na claridade do sol. Nós passávamos entre as lanchas. Ao longe, bandos de gaivotas riscavam o azul do céu e o Cais dos Mineiros já se perdia distante da névoa vaga. Mas nós avistávamos um outro cais com um armazém ao fundo. À beira desse cais, saveiros enormes esperavam mercadorias; e, em cima, formando um círculo ininterrupto, homens de braços nus saíam a correr de dentro da casa, atiravam o saco no saveiro, davam a volta à disparada, tornavam a sair a galope com outro saco, sem cessar, contínuos como a correia de uma grande máquina. Eram sessenta, oitenta, cem, talvez

---

[9] Chata: barcaça larga e rasa
[10] Rebocador: vapor usado para rebocar outros navios
[11] Termo de carga: documentação

duzentos. Não os podia contar. A cara escorrendo suor. Os pobres surgiam do armazém como flechas, como flechas voltavam. Um clamor subia aos céus apregoando o serviço:

— Um, dois, três, vinte e sete; cinco, vinte, dez, trinta!

E a ronda continuava diabólica.

— Aquela gente não cansa?

— Qual! trabalham assim horas a fio. Cada saco daqueles tem sessenta quilos e para transportá-lo ao saveiro pagam 60 réis. Alguns pagam menos — dão só 30 réis, mas, assim mesmo, há quem tire dezesseis mil-réis por dia.

O trabalho da estiva é complexo, variado; há a estiva da aguardente, do bacalhau, dos cereais, do algodão; cada uma tem os seus servidores, e homens há que só servem a certas e determinadas estivas, sendo por isso apontados.

— É muito — fiz.

— Passam dias, porém, sem ter trabalho e imagine quantas corridas são necessárias para ganhar a quantia fabulosa.

A lancha fizera-se ao largo. Caminhávamos para o poço onde o navio que devia sair naquela noite fundeava[12], todo de branco. Era o começo do dia. A bordo ficou um terno[13] de homens, e eu com eles. O terno divide-se assim: um no guincho, quatro na embarcação, oito no porão e quatro no convés. Isso quando a carga é seca. Carregava café o vapor.

Logo que o saveiro atracou, eles treparam pelas escadas, rápidos; oito homens desapareceram na face aberta do porão, despiram-se, enquanto os outros rodeavam o guincho e as correntes de ferro começavam a ir e vir do porão para o saveiro, do saveiro para o porão, carregadas de sacas de café. Era regular, matemático, a oscilação de um lento e formidável relógio.

---

[12] Fundeava: ancorava
[13] Terno: grupo de pessoas

Aqueles seres ligavam-se aos guinchos; eram parte da máquina; agiam inconscientemente. Quinze minutos depois de iniciado o trabalho, suavam arrancando as camisas. Só os negros trabalhavam de tamancos. E não falavam, não tinham palavras inúteis. Quando a ruma[14] estava feita, erguiam a cabeça e esperavam a nova carga. Que fazer? Aquilo tinha que ser até às 5 da tarde!

Desci ao porão. Uma atmosfera de caldeira sufocava. Era as correntes caírem do braço de ferro um dos oito homens precipitava-se, alargava-as, os outros puxavam os sacos.

– Eh! lá!

De novo havia um rolar de ferros no convés, as correntes subiam enquanto eles arrastavam os sacos. Do alto a claridade caía fazendo uma bolha de luz, que se apagava nas trevas dos cantos. E a gente, olhando para cima, via encostados cavalheiros de pijama e bonezinho, com ar de quem descansa do banho a apreciar a faina alheia. Às vezes, as correntes ficavam um pouco alto. Eles agarravam-se às paredes de ferro com os passos vacilantes entre os sacos e, estendendo o tronco nu e suarento, as suas mãos preênseis[15] puxavam a carga em esforços titânicos[16].

– Eh! lá!

Na embarcação, fora, os mesmos movimentos, o mesmo gasto de forças e de tal forma regular que em pouco eram movimentos correspondentes, regulados pela trepidação[17] do guincho, os esforços dos que se esfalfavam no porão e dos que se queimavam ao sol.

Até horas tardes da manhã trabalharam assim, indiferentes aos botes, às lanchas, à animação especial do navio. Quando chegou a vez da comida, não se reuniram. Os do porão ficaram por lá

---

[14] Ruma: pilha, monte
[15] Preênseis: que podem segurar
[16] Titânicos: sobre-humanos
[17] Trepidação: estremecimento

mesmo, com a respiração intercortada, resfolegando[18], engolindo o pão, sem vontade.

Decerto pela minha face eles compreenderam que eu os deplorava. Vagamente, o primeiro falou; outro disse-me qualquer coisa e eu ouvi as ideias daqueles corpos que o trabalho rebenta. A principal preocupação desses entes são as firmas dos estivadores. Eles as têm de cor, citam de seguida, sem errar uma: Carlos Wallace, Melo e François, Bernardino Correia Albino, Empresa Estivadora, Picasso e C., Romão Conde e C., Wilson, Sons, José Viegas Vaz, Lloyd Brasileiro, Capton Jones. Em cada uma dessas casas o terno varia de número e até de vencimentos, como por exemplo – o Lloyd, que paga sempre menos que qualquer outra empresa.

Os homens com quem falava têm uma força de vontade incrível. Fizeram com o próprio esforço uma classe, impuseram-na. Há doze anos não havia malandro que, pegado na Gamboa[19], não se desse logo como trabalhador de estiva. Nesse tempo não havia a associação, não havia o sentimento de classe e os pobres estrangeiros pegados na Marítima trabalhavam por três mil-réis dez horas de sol a sol. Os operários reuniram-se. Depois da revolta, começou a se fazer sentir o elemento brasileiro e, desde então, foi uma longa e pertinaz[20] conquista. Um homem preso, que se diga da estiva, é, horas depois, confrontado com um sócio da União, tem que apresentar o seu recibo de mês. Hoje, estão todos ligados, exercendo uma mútua polícia para a moralização da classe. A *União dos Operários Estivadores* consegue, com uns estatutos que a defendem habilmente, o seu nobre fim. Os defeitos da raça, as disputas, as rusgas são consideradas penas; a extinção dos tais pequenos roubos, que antigamente eram comuns, merece

---

[18] Resfolegando: respirando com dificuldade
[19] Gamboa: bairro na zona portuária do Rio de Janeiro
[20] Pertinaz: persistente

um cuidado extremado da *União*, e todos os sócios, tendo como diretores Bento José Machado, Antônio da Cruz, Santos Valença, Mateus do Nascimento, Jerônimo Duval, Miguel Rosso e Ricardo Silva, esforçam-se, estudam, sacrificam-se pelo bem geral.

Que querem eles? Apenas ser considerados homens dignificados pelo esforço e a diminuição das horas de trabalho, para descansar e para viver. Um deles, magro, de barba inculta, partindo um pão empapado de suor que lhe gotejava da fronte, falou-me, num grito de franqueza:

– O problema social não tem razão de ser aqui? Os senhores não sabem que este país é rico, mas que se morre de fome? É mais fácil estourar um trabalhador que um larápio? O capital está nas mãos de grupo restrito e há gente demais absolutamente sem trabalho. Não acredite que nos baste o discurso de alguns senhores que querem ser deputados. Vemos claro e, desde que se começa a ver claro, o problema surge complexo e terrível. A greve, o senhor acha que não fizemos bem na greve? Eram nove horas de trabalho. De toda a parte do mundo os embarcadiços diziam que trabalho da estiva era só de sete! Fizemos mal? Pois ainda não temos o que desejamos.

A máquina, no convés[21], recomeçara a trabalhar.

– Os patrões não querem saber se ficamos inúteis pelo excesso de serviço. Olhe, vá à Marítima, ao Mercado. Encontrará muitos dos nossos arrebentados, esmolando, apanhando os restos de comida. Quando se aproximam das casas às quais deram toda a vida correm-nos[22]!

Que foi fazer lá? Trabalhou? Pagaram-no; rua! Toda a fraternidade universal se cifra[23] neste horror!

---

[21] Convés: área da primeira coberta do navio
[22] Correm-nos: expulsam-nos
[23] Cifra: resume

Do alto caíram cinco sacas de café mal presas à corrente. Ele sorriu, amargurado, precipitou-se, e, de novo, ouviu-se o pavor do guincho sacudindo as correntes donde pendiam dezoito homens estrompados[24]. Até à tarde, encostado aos sacos, eu vi encher a vastidão do porão bafioso[25] e escuro. Eles não pararam. Quando deu cinco horas um de barba negra tocou-me no braço:
— Por que não se vai? Estão tocando a sineta. Nós ficamos para o serão[26] à noite... Trabalhar até à meia-noite.

Subi. Os ferros retiniam sempre a música sinistra. Encostados à amurada, damas roçagando[27] sedas e cavalheiros estrangeiros de *smoking*[28], debochavam, em inglês, as belezas da nossa baía; no bar, literalmente cheio, ao estourar do champanha, um moço vermelho de álcool e de calor levantava um copo dizendo:
— Saudemos o nosso caro amigo que Paris receberá...

Em derredor do paquete[29], lanchas, malas, cargas, imprecações[30], gente querendo empurrar as bagagens, carregadores, assobios, um bruaá[31] formidável.

Um cavalheiro cheio de brilhantes, no portaló[32], perguntou-me se eu não vira a Lola. Desci, meti-me num bote, fiz dar a volta para ver mais uma vez aquela morte lenta entre os pesos. A tarde caíra completamente. Ritmados pelo arrastar das correntes, os quatro homens, dirigidos do convés do *steamer*[33], carregavam, tiravam sempre de dentro do saveiro mais sacas, sempre sacas,

---

[24] Estrompados: arrebentados de fadiga
[25] Bafioso: com cheiro de mofo
[26] Serão: trabalho noturno em prologamento ao trabalho diurno
[27] Roçagando: fazendo ruído de seda
[28] *Smoking*: Traje de cerimônia
[29] Paquete: navio a vapor
[30] Imprecações: maldições
[31] Bruaá: ruído de multidão, vozerio
[32] Portaló: navio para carga ou pessoal
[33] *Steamer*, ingl.: navio a vapor

com as mãos disformes, as unhas roxas, suando, arrebentando de fadiga.

Um deles, porém, rapaz, quando o meu bote passava por perto do saveiro, curvou-se, com a fisionomia angustiada, golfando[34] sangue.

– Oh! diabo! fez o outro, voltando-se. O José que não pode mais!

(*A alma encantadora das ruas*, 1908)

---

[34] Golfando: expelindo

Judas-Asvero[1]

Euclides da Cunha

No sábado de Aleluia os seringueiros do Alto Purus desforram-se de seus dias tristes. É um desafogo. Ante a concepção rudimentar da vida santificam-se-lhes, nesse dia, todas as maldades. Acreditam numa sanção[2] litúrgica[3] aos máximos deslizes.

Nas alturas, o Homem-Deus, sob o encanto da vinda do filho ressurreto e despeado[4] das insídias[5] humanas, sorri, complacentemente, à alegria feroz que arrebenta cá em baixo. E os seringueiros vingam-se, ruidosamente, dos seus dias tristes.

Não tiveram missas solenes, nem procissões luxuosas, nem lavapés[6] tocantes, nem prédicas[7] comovidas. Toda a Semana Santa correu-lhes na mesmice torturante daquela existência imóvel, feita de idênticos dias de penúrias, de meios-jejuns permanentes,

---
[1] Asvero: alusão à lenda do judeu errante, condenado a vagar pela eternidade
[2] Sanção: aprovação
[3] Litúrgica: da religião, religiosa
[4] Despeado: liberto
[5] Insídias: ciladas
[6] Lavapés: cerimônia do culto católico
[7] Prédicas: sermões

de tristezas e de pesares, que lhes parecem uma interminável sexta-feira da Paixão, a estirar-se, angustiosamente, indefinida, pelo ano todo afora.

Alguns recordam que nas paragens nativas, durante aquela quadra fúnebre, se retraem todas as atividades – despovoando-se as ruas, paralisando-se os negócios, ermando-se[8] os caminhos – e que as luzes agonizam nos círios[9] bruxuleantes[10], e as vozes se amortecem nas rezas e nos retiros, caindo um grande silêncio misterioso sobre as cidades, as vilas e os sertões profundos onde as gentes entristecidas se associam à mágoa prodigiosa de Deus. E consideram, absortos, que esses sete dias excepcionais, passageiros em toda a parte e em toda a parte adrede[11] estabelecidos a maior realce dos outros dias mais numerosos, de felicidade – lhes são, ali, a existência inteira, monótona, obscura, dolorosíssima e anônima, a girar acabrunhadoramente[12] na via dolorosa e inalterável, sem princípio e sem fim, do círculo fechado das "estradas". Então pelas almas simples entra-lhes, obscurecendo as miragens mais deslumbrantes da fé, a sombra espessa de um conceito singularmente pessimista da vida: certo, o redentor universal não os redimiu; esqueceu-os para sempre, ou não os viu talvez, tão relegados se acham à borda do rio solitário, que no próprio volver das suas águas é o primeiro a fugir, eternamente, àqueles tristes e desfrequentados rincões.

Mas não se rebelam, ou blasfemam. O seringueiro rude, ao revés do italiano artista, não abusa da bondade de seu deus desmanchando-se em convícios[13]. É mais forte; é mais digno.

---

[8] Ermando-se: esvaziando-se
[9] Círios: velas grandes
[10] Bruxuleantes: oscilantes
[11] Adrede: previamente
[12] Acabrunhadoramente: aflitivamente
[13] Convícios: insultos, injúrias

Resignou-se à desdita. Não murmura. Não reza. As preces ansiosas sobem por vezes ao céu, levando disfarçadamente o travo de um ressentimento contra a divindade; e ele não se queixa. Tem a noção prática, tangível, sem raciocínios, sem diluições metafísicas[14], maciça e inexorável[15] – um grande peso a esmagar-lhe inteiramente a vida – da fatalidade; e submete-se a ela sem subterfugir[16] na covardia de um pedido, com os joelhos dobrados. Seria um esforço inútil. Domina-lhe o critério rudimentar uma convicção talvez demasiado objetiva, ou ingênua, mas irredutível, a entrar-lhe a todo o instante pelos olhos adentro, assombrando-o; é um excomungado pela própria distância que o afasta dos homens; e os grandes olhos de Deus não podem descer até aqueles brejais, manchando-se. Não lhe vale a pena penitenciar-se, o que é um meio cauteloso de rebelar-se, reclamando uma promoção na escala indefinida da bem-aventurança. Há concorrentes mais felizes, mais bem protegidos, mais numerosos, e, o que se lhe figura mais eficaz, mais vistos, nas capelas, nas igrejas, nas catedrais e nas cidades ricas onde se estadeia[17] o fausto do sofrimento uniformizado de preto, ou fugindo na irradiação de lágrimas, e galhardeando[18] tristezas…

Ali – é seguir, impassível – e mudo, estoicamente[19], no grande isolamento da sua desventura.

Além disto, só lhe é lícito punir-se da ambição maldita que o conduziu àqueles lugares para entregá-lo, maniatado[20] e escravo, aos traficantes impunes que o iludem, e esse pecado é o seu próprio castigo, transmudando-lhe a vida numa interminável

---

[14] Metafísicas: transcendentes; difíceis de compreender
[15] Inexorável: fatal
[16] Subterfugir: usar de pretextos, desculpas
[17] Estadeia: exibe
[18] Galhardeando: ostentando
[19] Estoicamente: impassível diante da dor e da adversidade
[20] Maniatado: o mesmo que manietado, isto é, com as mãos amarradas; subjugado

penitência. O que lhe resta a fazer é desvendá-la e arrancá-la da penumbra das matas, mostrando-a, nuamente, na sua forma apavorante, à humanidade longínqua...

Ora, para isso, a igreja dá-lhe um emissário sinistro: Judas; e um único dia feliz: o sábado prefixo aos mais santos atentados, às balbúrdias confessáveis, à turbulência mística dos eleitos e à divinização da vingança.

Mas o monstrengo de palha, trivialíssimo, de todos os lugares e de todos os tempos, não lhe basta à missão complexa e grave. Vem batido demais pelos séculos em fora, tão pisoado, tão decaído e tão apedrejado que se tornou vulgar na sua infinita miséria, monopolizando o ódio universal e apequenando-se, mais e mais, diante de tantos que o malquerem.

Faz-se-lhe mister, ao menos acentuar-lhe as linhas mais vivas e cruéis; e mascarar-lhe no rosto de pano, a laivos de carvão, uma tortura tão trágica, e em tanta maneira próxima da realidade, que o eterno condenado pareça ressuscitar ao mesmo tempo que a sua divina vítima, de modo a desafiar uma repulsa mais espontânea e um mais compreensível revide, satisfazendo à saciedade as almas ressentidas dos crentes, com a imagem tanto quanto possível perfeita da sua miséria e das suas agonias terríveis.

E o seringueiro abalança-se a esse prodígio de estatuária, auxiliado pelos filhos pequeninos, que deliram, ruidosos, em risadas, a correrem por toda a banda, em busca das palhas esparsas e da ferragem repulsiva de velhas roupas imprestáveis, encantados com a tarefa funambulesca[21], que lhe quebra tão de golpe a monotonia tristonha de uma existência invariável e quieta.

O judas faz-se como se fez sempre: um par de calças e uma camisa velha, grosseiramente cosidos, cheios de palhiças e mu-

---

[21] Funambulesca: de circo

lambos; braços horizontais, abertos, e pernas em ângulo, sem juntas, sem relevos, sem dobras, aprumando-se, espantadamente, empalado[22], no centro do terreiro. Por cima uma bola desgraciosa representando a cabeça. É o manequim vulgar, que surge em toda a parte e satisfaz à maioria das gentes. Não basta ao seringueiro. É-lhe apenas o bloco de onde vai tirar a estátua, que é a sua obra-prima, a criação espantosa do seu gênio longamente trabalhado de reveses, onde outros talvez distingam traços admiráveis de uma ironia sutilíssima, mas que é para ele apenas a expressão concreta de uma realidade dolorosa.

E principia, às voltas com a figura disforme: salienta-lhe e afeiçoa-lhe o nariz; reprofunda-lhe as órbitas; esbate-lhe[23] a fronte; acentua-lhe os zigomas[24]; e aguça-lhe o queixo, numa massagem cuidadosa e lenta; pinta-lhe as sobrancelhas, e abre-lhe com dois riscos demorados, pacientemente, os olhos, em geral tristes e cheios de um olhar misterioso; desenha-lhe a boca, sombreada de um bigode ralo, de guias decaídas aos cantos. Veste-lhe, depois, umas calças e uma camisa de algodão, ainda servíveis; calça-lhe umas botas velhas, cambadas[25]...

Recua meia dúzia de passos. Contempla-a durante alguns minutos. Estuda-a.

Em torno a filharada, silenciosa agora, queda-se expectante, assistindo ao desdobrar da concepção, que a maravilha.

Volve ao seu homúnculo[26]: retoca-lhe uma pálpebra; aviva um ríctus[27] expressivo na arqueadura do lábio; sombreia-lhe

---

[22] Empalado: espetado num pau
[23] Esbate-lhe: torna mais suave
[24] Zigomas: ossos das maçãs do rosto
[25] Cambadas: deformadas
[26] Homúnculo: ser artificial
[27] Ríctus: contração

um pouco mais o rosto, cavando-o; ajeita-lhe melhor a cabeça; arqueia-lhe os braços; repuxa e retifica-lhe as vestes...

Novo recuo, compassado, lento, remirando-o, para apanhar de um lance, numa vista de conjunto, a impressão exata, a síntese de todas aquelas linhas; a renovar a faina com uma pertinácia e uma tortura de artista incontentável. Novos retoques, mais delicados, mais cuidadosos, mais sérios: um tenuíssimo esbatido[28] de sombra, um traço quase imperceptível na boca refegada[29], uma torção insignificante no pescoço engravatado de trapos...

E o monstro, lento e lento, num transfigurar-se insensível, vai-se tornando em homem. Pelo menos a ilusão é empolgante...

Repentinamente o bronco estatuário tem um gesto mais comovedor do que o "parla!"[30] ansiosíssimo, de Miguel Ângelo; arranca o seu próprio sombreiro; atira-o à cabeça de Judas; e os filhinhos todos recuam, num grito, vendo retratar-se na figura desengonçada e sinistra o vulto do seu próprio pai.

É um doloroso triunfo. O sertanejo esculpiu o maldito à sua imagem. Vinga-se de si mesmo: pune-se afinal, da ambição maldita que o levou àquela terra; e desafronta-se[31] da fraqueza moral que lhe parte os ímpetos da rebeldia recalcando-o cada vez mais ao plano inferior da vida decaída onde a credulidade infantil o jungiu[32], escravo, à gleba[33] empantanada[34] dos traficantes, que o iludiram.

Isto, porém, não lhe satisfaz. A imagem material da sua desdita não deve permanecer inútil num exíguo terreiro de

---

[28] Esbatido: esfumado, apagado
[29] Refegada: repuxada, enrugada
[30] "Parla!": refere-se à expressão de surpresa do escultor diante da perfeição de uma sua criação – "fala!"
[31] Desafronta-se: vinga-se
[32] Jungiu: prendeu, subjugou
[33] Gleba: feudo a que os servos estavam ligados
[34] Empantanada: alagada

barraca, afogada na espessura impenetrável, que furta o quadro de suas mágoas, perpetuamente anônimas, aos próprios olhos de Deus. O rio que lhe passa à porta é uma estrada para toda a terra. Que a terra toda contemple o seu infortúnio, o seu exaspero cruciante, a sua desvalia, o seu aniquilamento iníquo[35], exteriorizados, golpeantemente, e propalados por um estranho e mudo pregoeiro[36]...

Embaixo, adrede construída, desde a véspera, vê-se uma jangada de quatro paus boiantes, rijamente travejados. Aguarda o viajante macabro. Condu-lo, prestes, para lá, arrastando-o em descida, pelo viés dos barrancos avergoados[37] de enxurros.

A breve trecho a figura demoníaca apruma-se, especada[38], à popa da embarcação ligeira.

Faz-lhe os últimos reparos: arranja-lhe ainda uma vez as vestes; arruma-lhes às costas um saco cheio de ciscalho e pedras; mete-lhe à cintura alguma inútil pistola enferrujada, sem fechos, ou um caxenrenguengue[39] gasto; e fazendo-lhe curiosas recomendações, ou dando-lhe os mais singulares conselhos, impele, ao cabo, a jangada fantástica para o fio da corrente.

E Judas feito Asvero vai avançando vagarosamente para o meio do rio. Então os vizinhos mais próximos, que se adensam, curiosos, no alto das barrancas, intervêm ruidosamente, saudando com repetidas descargas de rifles, aquele bota-fora. As balas chofram[40] a superfície líquida, erriçando-a[41]; cravam-se na embarcação, lascando-a; atingem o tripulante espantoso; trespassam-no. Ele vacila um momento no seu pedestal flutuante,

---

[35] Iníquo: injusto
[36] Pregoeiro: anunciador
[37] Avergoados: cobertos de vergões
[38] Especada: espetada
[39] Caxenrenguengue: faca velha
[40] Chofram: cortam
[41] Erriçando-a: eriçando-a, arrepiando-a

fustigado a tiros, indeciso, como a esmar[42] um rumo, durante alguns minutos, até se reaviar[43] no sentido geral da correnteza. E a figura desgraciosa, trágica, arrepiadoramente burlesca[44], com os seus gestos desmanchados, de demônio e truão[45], desafiando maldições e risadas, lá se vai na lúgubre viagem sem destino e sem fim, a descer, a descer sempre, desequilibradamente, aos rodopios, tonteando em todas as voltas, à mercê das correntezas, "de bubuia"[46] sobre as grandes águas.

Não para mais. À medida que avança, o espantalho errante vai espalhando em roda a desolação e o terror; as aves, retransidas[47] de medo, acolhem-se, mudas, ao recesso das frondes; os pesados anfíbios mergulham, cautos, nas profunduras, espavoridos por aquela sombra que ao cair das tardes e ao subir das manhãs se desata estirando-se, lutuosamente[48], pela superfície do rio; os homens correm às armas e numa fúria recortada de espantos, fazendo o "pelo sinal" e apertando os gatilhos, alvejam-no desapiedadamente.

Não defronta a mais pobre barraca sem receber uma descarga rolante e um apedrejamento.

As balas esfuziam-lhe[49] em torno; varam-no; as águas, zimbradas[50] pelas pedras, encrespam-se em círculos ondeantes; a jangada balança; e, acompanhando-lhe os movimentos, agitam-se-lhe os braços e ele parece agradecer em canhestras[51] mesuras as manifestações rancorosas em que tempesteiam tiros, e gritos,

---
[42] Esmar: calcular
[43] Reaviar: endireitar, reorientar
[44] Burlesca: cômica
[45] Truão: palhaço, bobo
[46] "De bubuia": boiando ao léu da correnteza
[47] Retransidas: paralisadas
[48] Lutuosamente: funebremente
[49] Esfuziam: zunem
[50] Zimbradas: fustigadas, batidas
[51] Canhestras: desajeitadas

sarcasmos pungentes e esconjuros e sobretudo maldições que revivem, na palavra descansada dos matutos, este eco de um anátema[52] vibrado há vinte séculos.

– Caminha, desgraçado!

Caminha. Não para. Afasta-se no volver das águas. Livra-se dos perseguidores. Desliza, em silêncio, por um estirão retilíneo e longo; contorneia a arqueadura suavíssima de uma praia deserta. De súbito, no vencer uma volta, outra habitação; mulheres e crianças, que ele surpreende à beira-rio, a subirem, desabaladamente, pela barranca acima, desandando em prantos e clamor. E logo depois, do alto, o espingardeamento, as pedradas, os convícios, os remoques[53]. Dois ou três minutos de alaridos e tumulto, até que o judeu errante se forre[54] ao alcance máximo da trajetória dos rifles, descendo...

E vai descendo, descendo... Por fim não segue mais isolado. Aliam-se-lhe na estrada dolorosa outros sócios do infortúnio; outros aleijões[55] apavorantes sobre as mesmas jangadas diminutas entregues ao acaso das correntes, surgindo de todos os lados, vários no aspecto e nos gestos; ora muito rijos, amarrados aos postes que os sustentam, ora em desengonços, desequilibrando-se aos menores balanços, atrapalhadamente, como ébrios; ou fatídicos, braços alçados, ameaçadores, amaldiçoando; outros humílimos, acurvados num acabrunhamento profundo; e por vezes, mais deploráveis, os que se divisam à ponta de uma corda amarrada no extremo do mastro esguio e recurvo, a balouçarem, enforcados...

Passam todos aos pares, ou em filas, descendo, descendo vagarosamente...

---

[52] Anátema: maldição
[53] Remoques: caçoadas, zombarias
[54] Forre: liberte
[55] Aleijões: monstros

Às vezes o rio alarga-se num imenso círculo; remansa-se; a sua corrente torce-se e vai em giros muito lentos perlongando as margens, traçando a espiral amplíssima de um redemoinho imperceptível e traiçoeiro. Os fantasmas vagabundos penetram nestes amplos recintos de águas mortas, rebalsadas[56]; e estacam por momentos. Ajuntam-se. Rodeiam-se em lentas e silenciosas revistas. Misturam-se. Cruzam então pela primeira vez os olhares imóveis e falsos de seus olhos fingidos; e baralham-se-lhes numa agitação revolta os gestos paralisados e as estátuas rígidas. Há a ilusão de um estupendo tumulto sem ruídos e de um estranho conciliábulo[57], agitadíssimo, travando-se em segredos, num abafamento de vozes inaudíveis.

Depois, a pouco e pouco, debandam. Afastam-se; dispersam-se. E acompanhando a correnteza, que se retifica na última espiral dos remansos – lá se vão, em filas, um a um, vagarosamente, processionalmente[58], rio abaixo, descendo...

(*À margem da história*, 1909)

Euclides da Cunha (Cantagalo, RJ, 1866 – Rio de Janeiro, 1909) fez seus estudos na Escola Militar, onde se diplomou como engenheiro. Foi aluno e militante na fase de maior efervescência da agitação pela República e pela emancipação dos escravos. Cedo abandonou a farda para dedicar-se à engenharia civil. Cobriu a guerra de Canudos (1897) para o jornal *O Estado de S.Paulo*, em série de reportagens que se tornou célebre e que constituiu o embrião do livro *Os sertões* (1902). Chefiou a Comissão de Reconhecimento do Alto Purus, na Amazônia, e trabalhou com Rio Branco no Ministério das Relações Exteriores. Morreu aos 43 anos, logo após tornar-se professor de Lógica no Colégio Pedro II, no Rio de Janeiro. Outros livros: *Contrastes e confrontos*, *Peru versus Bolívia*, *À margem da história*.

---

[56] Rebalsadas: paradas, estagnadas
[57] Conciliábulo: reunião com intenções malévolas
[58] Processionalmente: como procissão

Trezentas onças[1]

Simões Lopes Neto

— Eu tropeava[2], nesse tempo. Duma feita que viajava de escoteiro[3], com a guaiaca[4] empanzinada de onças de ouro, vim varar aqui neste mesmo passo, por me ficar mais perto da estância da Coronilha, onde devia pousar.

Parece que foi ontem!... Era por fevereiro; eu vinha abombado[5] da troteada.

— Olhe, ali, na restinga[6], à sombra daquela mesma reboleira[7] de mato, que está nos vendo, na beira do passo, desencilhei; e estendido nos pelegos[8], a cabeça no lombilho, com o chapéu sobre os olhos, fiz uma sesteada[9] morruda[10].

---

[1] Onças: antigas moedas de ouro
[2] Tropeava: trabalhava como tropeiro
[3] Escoteiro: sozinho
[4] Guaiaca: cinto com compartimento para carregar dinheiro
[5] Abombado: exausto, ofegante
[6] Restinga: faixa de mato à beira do rio
[7] Reboleira: capão de mato
[8] Pelego: pele do carneiro com a lã
[9] Sesteada: sesta, isto é, descanso após o almoço
[10] Morruda: grande, longa

Despertando, ouvindo o ruído manso da água tão limpa e tão fresca rolando sobre o pedregulho, tive ganas de me banhar; até para quebrar a lombeira[11]... e fui-me à água que nem capincho[12]!

Debaixo da barranca havia um fundão onde mergulhei umas quantas vezes; e sempre puxei umas braçadas, poucas, porque não tinha cancha[13] para um bom nado.

E solito e no silêncio, tornei a vestir-me, encilhei o zaino[14] e montei.

Daquela vereda andei como três léguas, chegando à estância cedo ainda, obra assim de braça e meia de sol.

— Ah!... esqueci de dizer-lhe que andava comigo um cachorrinho brasino[15], um cusco[16] mui esperto e boa vigia. Era das crianças, mas às vezes dava-me para acompanhar-me, e depois de sair a porteira, nem por nada fazia caravolta, a não ser comigo. E nas viagens dormia sempre ao meu lado, sobre a ponta da carona[17], na cabeceira dos arreios.

Por sinal que uma noite...

Mas isto é outra cousa; vamos ao caso.

Durante a troteada bem reparei que volta e meia o cusco parava-se na estrada e latia e corria pra trás, e olhava-me, olhava-me, e latia de novo e troteava um pouco sobre o rastro; — parecia que o bichinho estava me chamando!... Mas como eu ia, ele tornava a alcançar-me, para daí a pouco recomeçar.

— Pois, amigo! Não lhe conto nada! Quando botei o pé em terra na ramada da estância, ao tempo que dava as — boas-tardes!

---

[11] Lombeira: moleza, sonolência
[12] Capincho: capivara
[13] Cancha: experiência, conhecimento
[14] Zaino: cavalo castanho-escuro
[15] Brasino: da cor de brasa
[16] Cusco: pequeno vira-lata
[17] Carona: manta debaixo da sela

– ao dono da casa, aguentei um tirão[18] seco no coração... não senti na cintura o peso da guaiaca!

Tinha perdido trezentas onças de ouro que levava, para pagamento de gados que ia levantar.

E logo passou-me pelos olhos um clarão de cegar, depois uns coriscos tirante a roxo... depois tudo me ficou cinzento, para escuro...

Eu era mui pobre – e ainda hoje, é como vancê sabe... –; estava começando a vida, e o dinheiro era do meu patrão, um charqueador[19], sujeito de contas mui limpas e brabo[20] como uma manga[21] de pedras...

Assim, de meio assombrado me fui repondo quando ouvi que indagavam:

– Então patrício? está doente?

– Obrigado! Não senhor – respondi – não é doença; é que sucedeu-me uma desgraça: perdi uma dinheirama do meu patrão...

– A la fresca[22]!...

– É verdade... antes morresse, que isto! Que vai ele pensar agora de mim!...

– É uma dos diabos, é...; mas não se acoquine[23], homem!

Nisto o cusco brasino deu uns pulos ao focinho do cavalo, como querendo lambê-lo, e logo correu para a estrada, aos latidos. E olhava-me, e vinha e ia, e tornava a latir...

Ah!... E num repente lembrei-me bem de tudo. Parecia que estava vendo o lugar da sesteada, o banho, a arrumação das

---

[18] Tirão: baque, puxão
[19] Charqueador: dono de charqueada ou fábrica de carne-seca
[20] Brabo: forte
[21] Manga: parede ou cerca
[22] A la fresca!: exclamação de espanto
[23] Acoquine: aborreça

roupas nuns galhos de sarandi[24], e, em cima de uma pedra, a guaiaca e por cima dela o cinto das armas, e até uma ponta de cigarro de que tirei uma última tragada, antes de entrar na água, e que deixei espetada num espinho, ainda fumegando, soltando uma fitinha de fumaça azul, que subia, fininha e direita, no ar sem vento...; tudo, vi tudo.

Estava lá, na beirada do passo, a guaiaca. E o remédio era um só: tocar a meia rédea, antes que outros andantes passassem.

Num vu[25] estava a cavalo; e mal isto, o cachorrinho pegou a retouçar[26], numa alegria, ganindo – Deus me perdoe! – que até parecia fala!

E dei de rédea, dobrando o cotovelo do cercado.

Ali logo frenteei com uma comitiva de tropeiros, com grande cavalhada por diante, e que por certo vinha tomar pouso na estância. Na cruzada nos tocamos todos na aba do sombreiro; uns quantos vinham de balandrau[27] enfiado. Sempre me deu uma coraçonada[28] para fazer umas perguntas... mas engoli a língua.

Amaguei[29] o corpo e penicando de esporas, toquei a galope largo.

O cachorrinho ia ganiçando, ao lado, na sombra do cavalo, já mui comprida.

A estrada estendia-se deserta; à esquerda os campos desdobravam-se a perder de vista, serenos, verdes, clareados pela luz macia do sol morrente, manchados de pontas de gado que iam se arrolhando[30] nos paradouros da noite; à direita, o sol, muito

---

[24] Sarandi: arbusto
[25] Num vu: num instante
[26] Retouçar: correr brincando
[27] Balandrau: capote ou vestimenta larga
[28] Coraçonada: impulso
[29] Amaguei: dei impulso ao cavalo
[30] Arrolhando: recolhendo

baixo, vermelho-dourado, entrando em massa de nuvens de beiradas luminosas.

Nos atoleiros, secos, nem um quero-quero: uma que outra perdiz, sorrateira, piava de manso por entre os pastos maduros; e longe, entre o resto da luz que fugia de um lado e a noite que vinha, peneirada, do outro, alvejava a brancura de um joão-grande[31], voando, sereno, quase sem mover as asas, como numa despedida triste, em que a gente também não sacode os braços...

Foi caindo uma aragem fresca; e um silêncio grande, em tudo.

O zaino era um pingaço[32] de lei; e o cachorrinho, agora sossegado, meio de banda, de língua de fora e de rabo em pé, troteava miúdo e ligeiro dentro da polvadeira rasteira que as patas do flete[33] levantavam.

E entrou o sol; ficou nas alturas um clarão afogueado, como de incêndio num pajonal[34]; depois o lusco-fusco; depois, cerrou a noite escura; depois, no céu, só estrelas..., só estrelas...

O zaino atirava o freio e gemia no compasso do galope, comendo caminho. Bem por cima da minha cabeça as Três-Marias tão bonitas, tão vivas, tão alinhadas, pareciam me acompanhar..., lembrei-me dos meus filhinhos, que as estavam vendo, talvez; lembrei-me da minha mãe, de meu pai, que também as viram, quando eram crianças e que já as conheceram pelo seu nome de Marias, as Três-Marias. – Amigo! Vancê é moço, passa a sua vida rindo...; Deus o conserve!..., sem saber nunca como é pesada a tristeza dos campos quando o coração pena!...

---

[31] João-grande: ave; o mesmo que tesourão
[32] Pingaço: cavalo de qualidade
[33] Flete: cavalo belo e bem arreado
[34] Pajonal: capinzal

– Há que tempos eu não chorava!... Pois me vieram lágrimas..., devagarinho, como gateando[35], subiram... tremiam sobre as pestanas, luziam um tempinho... e ainda quentes, no arranco do galope lá caíam elas na polvadeira da estrada, como um pingo d'água perdido, que nem mosca nem formiga daria com ele!...

Por entre as minhas lágrimas, como um sol cortando um chuvisqueiro, passou-me na lembrança a toada dum verso lá dos meus pagos[36]:

> Quem canta refresca a alma,
> Cantar adoça o sofrer;
> Quem canta zomba da morte:
> Cantar ajuda a viver!...

Mas que cantar, podia eu!...

O zaino respirou forte e sentou, trocando a orelha, farejando no escuro: o bagual[37] tinha reconhecido o lugar, estava no passo.

Senti o cachorrinho respirando, como assoleado[38]. Apeei-me.

Não bulia uma folha; o silêncio, nas sombras do arvoredo, metia respeito... que medo, não, que não entra em peito de gaúcho.

Embaixo, o rumor da água pipocando sobre o pedregulho; vaga-lumes retouçando[39] no escuro. Desci, dei com o lugar onde havia estado; tenteei os galhos do sarandi; achei a pedra onde tinha posto a guaiaca e as armas; corri as mãos por todos os lados, mais pra lá, mais pra cá...; nada! nada!...

---

[35] Gateando: engatinhando, de gatinhas
[36] Pagos: lugar onde se nasceu, criou ou se acostumou a viver
[37] Bagual: cavalo arisco, recém-domado
[38] Assoleado: que tomou muito sol
[39] Retouçando: saltitando

Então, senti frio dentro da alma..., o meu patrão ia dizer que eu o havia roubado!... roubado!... Pois então eu ia lá perder as onças!... Qual! Ladrão, ladrão, é que era!...

E logo uma tenção ruim entrou-me nos miolos: eu devia matar-me, para não sofrer a vergonha daquela suposição.

É; era o que eu devia fazer: matar-me... e já, aqui mesmo!

Tirei a pistola do cinto; armei-lhe o gatilho..., benzi-me, e encostei no ouvido o cano, grosso e frio, carregado de bala...

– Ah! patrício! Deus existe!...

No refilão[40] daquele tormento, olhei para diante e vi... as Três-Marias luzindo na água... o cusco encarapitado na pedra, ao meu lado, estava me lambendo a mão... e logo, logo, o zaino relinchou lá em cima, na barranca do riacho, ao mesmíssimo tempo que a cantoria alegre de um grilo retinia ali perto, num oco de pau!...

– Patrício! não me avexo duma heresia; mas era Deus que estava no luzimento daquelas estrelas, era ele que mandava aqueles bichos brutos arredarem de mim a má tenção...

O cachorrinho tão fiel lembrou-me a amizade da minha gente; o meu cavalo lembrou-me a liberdade, o trabalho, e aquele grilo cantador trouxe a esperança...

Eh-pucha[41]! patrício, eu sou mui rude... a gente vê caras, não vê corações...; pois o meu, dentro do peito, naquela hora, estava como um espinilho[42] ao sol, num descampado, no pino do meio-dia: era luz de Deus por todos os lados!...

E já todo no meu sossego de homem, meti a pistola no cinto. Fechei um baio[43], bati o isqueiro e comecei a pitar.

---

[40] Refilão: confusão
[41] Eh-pucha!: exclamação enfática
[42] Espinilho: arbusto
[43] Baio: cigarro de palha

E fui pensando. Tinha, por minha culpa, exclusivamente por minha culpa, tinha perdido as trezentas onças, uma fortuna para mim. Não sabia como explicar o sucedido, comigo, acostumado a bem cuidar das cousas. Agora... era vender o campito, a ponta de gado manso – tirando umas leiteiras para as crianças e a junta dos jaguanés[44] lavradores – vender a tropilha dos colorados[45]... e pronto! Isso havia de chegar, folgado; e caso mermasse[46] a conta..., enfim, havia se ver o jeito a dar... Porém matar-se um homem, assim no mais... e chefe de família... isso, não!

E d'espacito[47] vim subindo a barranca; assim que me sentiu o zaino escarceou[48], mastigando o freio.

Desmaneei-o[49], apresilhei o cabresto; o pingo[50] agarrou a volta e eu montei, aliviado.

O cusco escaramuçou[51], contente; a trote e galope voltei para a estância.

Ao dobrar a esquina do cercado enxerguei luz na casa; a cachorrada saiu logo, acuando. O zaino relinchou alegremente, sentindo os companheiros; do potreiro outros relinchos vieram.

Apeei-me no galpão, arrumei as garras[52] e soltei o pingo, que se rebolcou[53], com ganas.

Então fui para dentro: na porta dei o – Louvado seja Jesu--Cristo; boa-noite! – e entrei, e comigo, rente o cusco. Na sala

---

[44] Jaguanés: bois escuros de barriga branca
[45] Colorados: cavalos avermelhados
[46] Mermasse: diminuísse, minguasse
[47] D'espacito: devagarinho
[48] Escarceou: cabeceou
[49] Desmaneei-o: soltei-lhe as amarras
[50] Pingo: cavalo de qualidade
[51] Escaramuçou: deu voltas
[52] Garras: arreios velhos e gastos
[53] Rebolcou: espojou, revolveu

do estancieiro havia uns quatro paisanos; era a comitiva que chegava quando eu saía; corria o amargo[54].

Em cima da mesa a chaleira, e ao lado dela, enroscada, como uma jararaca na ressolana[55], estava a minha guaiaca, barriguda, por certo com as trezentas onças, dentro.

– Louvado seja Jesus Cristo, patrício! Boa-noite! Entonces, que tal le foi de susto?...

E houve uma risada grande de gente boa.

Eu também fiquei-me rindo, olhando para a guaiaca e para o guaipeva[56], arrolhadito aos meus pés...

(*Contos gauchescos*, 1912)

Simões Lopes Neto (Pelotas, RS, 1865 – Pelotas, 1916), de família tradicional, fez seus primeiros estudos na terra natal. Em 1878 matriculou-se no Colégio Abílio (RJ). Frequentou a Faculdade de Medicina por algum tempo, mas não se formou. Teve iniciativas empresariais ousadas e desastradas e, paralelamente, foi jornalista. Estreou no jornal *Pátria*, de seu tio, onde criou a coluna "Balas de Estalo". Escreveu também no *Diário Popular*, em *A Opinião Pública* e no *Correio Mercantil*, mas voltou para *A Opinião Pública*. Foi professor e capitão da Guarda Nacional.

Publicou três livros em vida: *Cancioneiro guasca* (1910), *Contos gauchescos* (1912) e *Lendas do sul* (1913). *Casos de Romualdo* foi publicado *post-mortem*, em 1952.

Somente a partir de 1924 seu pequeno volume de contos passou a ser estudado e valorizado. Hoje é considerado um dos mais importantes escritores regionalistas.

---

[54] Amargo: mate
[55] Ressolana: sol a pino
[56] Guaipeva: vira-lata

Banzo[1]

Coelho Neto

A Antonio Lobo

I

Baixinho e seco, curvado em gancho, carapinha[2] em maçarocas[3], ralas falripas[4] de bigode amarelo de sarro[5], tufos de barba híspidos[6] como parasitas, este era Sabino, o negro mais velho daquelas redondezas, desde a Barra até o Paty.

Em passo lerdo, com o urucungo[7] e o cajado, um saco de couro a tiracolo, o pito nos beiços, corria tudo, descansando à sombra das árvores ou nos ranchos e tejupares[8] dos caminhos, quando não se sentava no meio dos campos, ao sol, entre o gado solto.

---

[1] Banzo: nostalgia
[2] Carapinha: cabelo muito crespo e denso
[3] Maçarocas: bolas formadas por emaranhamento de fios
[4] Falripas: cabelos muito ralos
[5] Sarro: resíduo de fumo e nicotina
[6] Híspidos: hirtos, retesados
[7] Urucungo: berimbau
[8] Tejupares: palhoças

Aparecia nas vilas e nas cidades em tempo de festa e, como conhecia todos os sítios e fazendas, ia entrando às porteiras como em terra própria, falando a todos, sempre risonho.

O urucungo anunciava-o; saíam crianças a recebê-lo, davam-lhe comida, molambos. O saco ia bojando e o negro, numa alegria servil, bambaleava o corpo em dança de urso, com gatimonhas[9] ridículas, picando[10] as aspas da cumbuca, grato à bondade das crianças, que se ajuntavam em círculo, rindo, batendo as palmas.

Às vezes ia para a estação esperar os trens. Cochilava no banco, e, à chegada dos comboios, arrastava-se à beira dos carros, de mão estendida, jeremiando[11] a sua miséria, e o que recolhia era para fumo e cachaça.

Não tinha casa. Casa para quê? O mato é grande. Mas o seu ponto predileto era na fazenda das *Lages*, à sombra duma gameleira[12], num cômoro[13]. Nas *Lages* fora escravo, ali vivera desde que chegara d'África, passando dum senhor a outro, até "nhô Roberto" que ele carregara à "cacunda"[14], ensinara a andar a cavalo, levara ao colégio, vira casar, envelhecendo no trabalho, à sombra da casa.

"Nhô Roberto" era mau, enfezado, sempre de cara amarrada, gritando por tudo e "agarrado"[15] como ele só.

Um dia, já depois da Lei[16], "nhô Roberto", que andava nervoso, entrou na horta e achou-o perto do rego, chupando uma

---

[9] Gatimonhas: gestos
[10] Picando: pinicando
[11] Jeremiando: lamentando, lamuriando
[12] Gameleira: árvore cuja madeira é usada para a confecção de gamelas (vasilhas)
[13] Cômoro: monte, pequena elevação de terreno
[14] "Cacunda": costas (Coelho Neto põe entre aspas esta e outras expressões que entende como próprias do personagem, mas não do narrador)
[15] Agarrado: sovina, avarento
[16] Lei: referência à Lei Áurea, que aboliu a escravidão no Brasil

laranja. Foi um tempo quente, não quis saber de desculpa – pô-lo para fora. "Que fosse para o inferno! Estava livre, os canalhas que o sustentassem."

Saiu sem rumo, andou muito tempo à toa, passou fome, bateu os dentes de frio, teve febre, pensou morrer; mas a gente acostuma-se com tudo. Sempre achou caridade.

Um dia soube da morte de nhô Roberto (Nosso Senhor não dorme!) e, como a fazenda fosse comprada pelo coronel Chico Amaral, homem de bom coração, ele, que já andava com muita saudade daqueles fundões, botou o pé no caminho.

Achou tudo mudado: casas novas, de telha, gente branca na roça. A gameleira lá estava, cada vez mais bonita.

Receberam-no bem – os conhecidos festejaram-no, mesmo o coronel Chico Amaral, espantado dele ainda estar vivo, mandou dar-lhe comida e presenteou – com um capote velho que lhe chegava aos pés. Homem bom. Nosso Senhor há de ajudá-lo! Volta e meia lá estava: virava, mexia, levava tempos sem aparecer, mas um dia lá o encontravam debaixo da gameleira, cantarolando à beira dum foguinho de folhas secas, entre burundangas[17]: latas velhas, pão duro, embrulhos de farinha, restos de comida, feixinhos de taquaras e uma garrafinha de cachaça.

Ali passava os dias e a gente da fazenda, de pena, mandava-lhe de comer, e os que passavam, à tardinha, vendo-o encostado ao tronco, ofereciam-lhe um canto em casa para dormir. Ele ria agradecido e ficava sob a galharia verde tocando e cantando, até que o sono o prostrava.

Às vezes, de manhã, quando o procuravam havia desaparecido: "Tio Sabino já foi, coitado! Volta..." E voltava.

---

[17] Burundangas: mistura de coisas imprestáveis

Quando lhe perguntavam quantos anos tinha, encarquilhava[18] o rosto amarfanhado, sumia os olhos em rugas, aproava o queixo ciciando um risinho frouxo e sacudia a cabeça branca num gesto abandonado que parecia atirá-la pelo tempo adentro.

Então revolvia as fundas reminiscências. Falava do rei D. João VI, dos "manatas"[19] que vira na Corte, dos senhores que tivera, das lindas donas d'antanho[20], de casas que haviam sido demolidas, de árvores mortas, ribeiros desaparecidos, matas devastadas, tudo que vira na correnteza da vida onde ficara, como aquelas pedras que lá estavam no Paraíba velho olhando o passar das águas.

Idade, sabia lá! No seu tempo – e corria um gesto que abarcava o horizonte – tudo aquilo era mato. Bicho assim! E apinhava os dedos. Casa, uma aqui outra acolá! Cidade, era uma rua só com a igreja lá em cima. Mas então é que era festa! Semana Santa, S. João, Natal, Espírito Santo... êh! Largo ficava da gente não poder andar – eram carros de bois, liteiras[21], cavalhada chibante[22] arreiada de prata, cada mula que fazia gosto, escravatura limpa, tudo gente moça. Fazenda, não vê que era como agora! Mesa ficava posta, comida da boa. Fartura era aí.

Cativeiro era brabo, isso... ahn! Mas também quando o senhor ganhava, negro tinha o seu gancho[23]. Tempo bom! E descrevendo dramatizava pitorescamente os episódios imitando: a música: tchumba! tchumba! tchumba! o espocar dos foguetes e o estrondar dos morteiros: tró to ró bum! O bimbalhar dos sinos: bem, de len den, bem bom! o reboliço dos carros rinchando:

---

[18] Enquarquilhava: enrugava
[19] Manatas: magnatas, personagens importantes, figurões
[20] D'antanho: de antigamente
[21] Liteira: cadeirinha coberta na qual uma pessoa era transportada, sendo suspensa aos ombros de dois homens, um à frente, outro atrás
[22] Chibante: elegante, vistosa
[23] Gancho: gratificação

cheeem...hiiiim... os cavalos resfolegando: rru! o rumorejo do povo: ááaah! os pregões dos doceiros, dos leiloeiros de prendas, o batuque africano ao som dos tambores: pru cu tu! pru cu tu!

A negrada, que o cercava atenta, ria dos racontos[24]. Pediam-lhe minúcias, recordavam-lhe episódios, lendas, casos que a tradição conservava e ele, sentado no chão, estirando as pernas, com os pés a prumo, de solas chatas, encoscoradas[25] como patas de paquiderme[26], narrava.

Trem de ferro... isso era de ontem. Vira chegar a turma dos engenheiros, cada mocetão! botas, chapéu largo, pagodistas[27] como eles sós; e para andar no mato nem tatu podia com eles – furavam tudo. Depois os trabalhadores abrindo picadas, gente onça[28] na enxada e no machado, cavando, fazendo caminho; morro não era nada para eles.

Vira estender os trilhos, cruzar as pontes e o dinheiro naquele tempo andava à toa. As mulatas é que aproveitavam.

E um dia – êh! Dia grande! gente na estrada fervia que nem procissão – o trem berrando numa fumaceira de coivara[29]: tchá! tchá! tchá! ooôô! Ahn! Boi corria espantado, ficava olhando de longe, besta, cavalos rebentavam cabrestos disparando por esses matos, cachorro zunia: cain! cain! cain! nem que tivesse apanhado! galinhas voavam que nem patos na lagoa quando um tiro estronda e o bicho passou rabeando, embandeirado, cheio de gente graúda: fazendeiros, generais, moças... ahn! e foi-se embora! Muita gente rezou de medo.

---

[24] Racontos: narrativas, relatos
[25] Encoscoradas: com cascas grossas e duras
[26] Paquiderme: animais de pele espessa, como os elefantes, rinocerontes, antas etc.
[27] Pagodistas: pessoas que gostam de se divertir
[28] Gente onça: pessoal valente
[29] Coivara: queima de ramagens

Eu vi tudo de cima duma barranca, o coração batendo assim: pu pu pu! Bonito mesmo!

E o bicho passou danado, fervendo; a fumaça espocava da chaminé em cachimbada grande. Eh! Trouxe tudo! trouxe cidades e foi deixando por aí, trouxe maquinismos, gente branca...

Parecia coisa de encanto. A gente deixava de ir uns poucos de meses num lugar e quando aparecia lá ficava de boca aberta vendo tudo mudado: casas novas, negócios sortidos como os da Corte, igreja, circo de cavalinhos, botica e o mato, que é dele? Trem de ferro ia comendo tudo, tal e qual como na terra brava depois de roçado quando a plantação brota.

O mal era o fogo. Bastava uma faiscazinha da máquina para levar um canavial. E era uma campanha! a gente fazendo aceiros[30] e o fogo lambendo, cada labareda que fazia medo.

Muita gente nem queria ver o trem de ferro, quanto mais entrar nele. Nhá Joaninha Junqueira, do Palmeiral, moça prendada, que tocava e cantava, essa nunca quis saber do bicho. Quando teve de ir à Corte, para a operação, quem disse! foi e voltou de carro de bois. Povo custou a acostumar-se.

Depois os padres diziam que era o trem que trazia as febres e os pecados, e então é que foi medo mesmo.

"E no tempo da guerra[31]?" perguntavam.

Eh! mato comeu gente! Eu estive vai, não vai... Barnabé ficou lá, Brás ficou lá, um bandão deles. Desse tempo só Venâncio mina[32], coitado! está no Quatis, cego de todo. Não sabe nada, pergunta só. Lei grande[33] já apanhou ele sem vista, para quê? Tinha senhor, vivia na fazenda... e agora? Está lá morrendo no escuro, come hoje, amanhã não come, conforme Deus quer.

---

[30] Aceiros: desbastes dos terrenos para evitar que o fogo se propague
[31] Guerra: referência à Guerra do Paraguai, ocorrida entre 1864 e 1870
[32] Mina: referência à origem, da Guiné
[33] Lei grande: Lei Áurea

Liberdade... pois sim! Gente anda morrendo à toa, urubu é que gosta.

II

Tudo mudara para Sabino. A terra, outrora rica, frondosa de matas, estava toda nua, escalvada[34], mostrando lanhos[35] de pedra, lombos de rochas, grotas sem água. Num ponto e noutro tocos assinalavam derrubadas, lanços de morros ofereciam o aspecto lúgubre de borralhos enegrecidos de toros carbonizados. Nas plantações vasqueiras[36] raro uma árvore copava – era tudo ralo, tolhiço[37], um fim de vida.

O Paraíba, dantes caudaloso, barulhando nas pedras em cachões borbulhantes, às vezes crescendo tanto que transbordava alagando extensamente as margens, de onde os moradores fugiam abandonando as casas – ali estava secando.

Barcos carregados iam e vinham e agora as leves pirogas[38], se os canoeiros não eram destros, iam batendo nos cabeços, roçando nas coroas[39] de areia, tão raso corria o rio, escuro, em lameiro grosso, como todo ele feito das barrancas esboroadas[40], que fossem rolando derretidas para o mar.

O próprio céu descorado esmaecia, casa vez mais pálido.

Sabino sentia a morte da natureza. Tudo estava acabando.

Em certa fazenda, que tivera fama pelo esplendor da sua capela, seguindo uma trilha entre culturas novas, parou relanceando o olhar compadecido. Reconhecia o sítio, mas notava mudanças, falta de alguma coisa.

---

[34] Escalvada: calva
[35] Lanhos: cortes, talhos
[36] Vasqueiras: escassas, poucas
[37] Tolhiço: defeituoso
[38] Pirogas: canoas
[39] Coroas: o mesmo que bancos de areia
[40] Esboroadas: desmoronadas

De repente lembrou-se de uma árvore grande que ali houvera e, d'olhos parados, como que a viu levantar-se esgalhada, folhuda, espalhando sombra larga. E era um mundo de gente em baixo: carreiros, crioulas com os filhos de mama, rapaziada da roça, tudo junto, enquanto o sol amolecia languidamente as ervas, estralava na estrada, quente que nem fogo, e lá longe, no campo, o monjolo batia.

O cafezal, dum verde escuro, reluzia no alto, tão cerrado que não se via um vulto de negro, nem sinal de palhoça – e lá estava o serro seco, agreste, com o sapezal amarelento cobrindo-o como uma grenha de velhice.

Entrava nas capoeiras[41], direito a um rumo: desiludia-se.

A fonte... isso foi uma tristeza! Era bem no mato, escondida. O seu gosto, em moço, era ficar ali, à fresca, tomar o seu banho ouvindo os pássaros, à espera de alguém que aparecia de supetão, assustada, pedindo pressa, com medo de ser apanhada, desde, porém, que se lhe atirava nos braços esquecia tudo. Eh! corpo de rapariga!

Com a lembrança o sangue estuava-lhe[42] nas veias gastas, o coração batia-lhe com força, um fluido de volúpia eletrizava-lhe os nervos.

O silêncio era doce, a sombra fresca: só a água fazia um leve ruído e as lavadeiras[43] voavam entre os juncos. E a fonte? Dela apenas restavam pedras, areia atorroada e o ervaçal.

E ele pensava no Paraíba, coitado! que ia morrendo à míngua porque as fontes morriam por toda a parte. Quando chovia sim, o pobre apanhava um fartão d'água, como esmola do céu. Estava acabando!

---

[41] Capoeiras: áreas de mato
[42] Estuava: pulsava, agitava
[43] Lavadeiras: libélulas

O próprio cemitério desaparecera – era uma mataria brava! Para achar uma cova – e estava cheio – seria preciso roçar aquilo tudo.

Em certa ocasião, metendo afoitamente pelo caminho funéreo, achou uma cruz de pau. Levantou-a, beijou-a devotamente e, querendo fincá-la de novo, na terra, partiu-se de podre.

Então, para evitar que fosse profanada, desfez o símbolo e guardou os pedaços no saco para queimá-los quando fizesse fogo. "Cruz de Nosso Senhor não se deixa atirada, e cruz de cemitério então!" E, olhando a terra embravecida em maninho[44], comentou: "Quanta gente! Isso aqui está que nem paiol."

Tortulhos[45] expluíam[46] nos troncos numa estranha florescência de putrilagem[47], joás amarelos espalhavam-se como contas de ouro. Tresandava a umidade.

Caminhando no mato alto e emaranhado, dentro da sombra fria, resvalava em caldeirões. "Isso é cova de tatu. Tatu anda aqui: comeu[48] e ficou."

De quando em quando um arrulho dorido passava no silêncio. Que tristeza! E tudo era assim.

Nas *Lages* é que ele sentia mais a devastação do tempo: a casa fora reformada, os caminhos mudados, as plantações novas, maquinismos. A bem dizer a mesma terra era outra, do tempo antigo só ele e a árvore do cômoro, a gameleira, lá em cima.

Os animais não pareciam o que eram: uns touros grandes, lustrosos, quase sem chifres, lerdos, pesados, sentindo-se nos pastos, sem préstimo, morrendo à toa; cavalos que não aguen-

---

[44] Maninho: terreno não aproveitado para o cultivo
[45] Tortulho: cogumelo
[46] Expluíam: explodiam
[47] Putrilagem: podridão
[48] Tatu... comeu: diz-se que tatu come cadáveres

tavam uma tirada, frouxos, aguando[49] logo: carneiros muito gordos, mas feios. Qual!

E os bichinhos do mato? Até eles. Pois então cigarras e passarinhos do seu tempo cantavam daquele modo? A gente entrava na mata e ficava tonta – era uma alegria nas árvores, tudo voando. Marrecas, isso era um nunca acabar à beira d'água e agora? É o caboré[50] de noite e de dia o anum[51] e o urubu tocaiando lá de cima.

Nem sapo! Bacurau[52], quem vê mais? A gente estava, à noite, sentada no terreiro, olhando a lua, e o bacurau vinha vindo, pula daqui, pula dali, mansinho. E agora? Acabou.

Fruta, quem se importava com isso? Mato estava cheio, era só apanhar. Hoje tudo tem dono. É cerca de arame por aí afora; um limão custa dinheiro. Folha de laranjeira para remédio, mato, um punhadinho: um tostão.

E lastimava as crianças, nascidas tarde, numa era mesquinha e de melancolia, com o mundo velho desconsolado e vazio. Atribuía todos os males da terra e a tristeza do céu ao colono branco. Odiava-o. Se avistava algum na estrada, desviava-se, deixava-o passar e voltava-se seguindo-o com o olhar até perdê-lo de vista.

Era o usurpador que entrara apoderando-se de tudo, destruindo o que eles haviam feito, matando a terra, espalhando a tristeza. Gente amaldiçoada! Não podia admitir que um branco entrasse no cafezal de enxada, carpisse, colhesse, rodasse café no terreiro, jungisse[53] bois ao carro e atrelasse mulas ao trole[54],

---
[49] Aguando: adoecendo por excesso de trabalho
[50] Caboré: coruja
[51] Anum: ave comum no Brasil, também chamado rabo-de-palha, alma-de-gato etc.
[52] Bacurau: ave noturna
[53] Jungisse: ligasse, unisse
[54] Trole: espécie de carruagem rústica, aberta

morasse em palhoças, dançasse nas eiras[55], rezasse na capela, moesse cana, plantasse mandioca.

Não compreendia que um italiano, como seu Amati, que ele conhecera esfrangalhado, sem vintém, chegasse a ser dono de fazenda.

Não, a terra era deles que a desbravaram e plantaram para os senhores. E os brancos abriam negócios, compravam sítios, montavam oficinas, até governavam como seu Barbosa, um ilhéu, que mandava num mundo de gente no tempo das eleições.

E os negros morriam de fome nos caminhos, não tinham onde morar, ninguém os queria, eram perseguidos. A própria terra era-lhes ingrata, mas estava morrendo, estava acabando. Era a sua vingança. Quando o Paraíba secasse – e não demorava muito – queria ver.

Sentava-se nos barrancos e ficava olhando os horizontes largos, esquecido de tudo, sem sentir o sol. Picava o urucungo cantarolando. Por fim levanta-se.

Hesitava um momento pensando no rumo e metia pelo primeiro atalho, ao acaso, desse onde desse.

Se tinha alguma coisa comia, senão era o mesmo, punha-se a caminho vagarosamente, resmungando, cantarolando.

Onde anoitecia, ficava. Escolhia um canto abrigado, estendia-se no chão e, até chegar o sono, olhava o céu. E as estrelas pareciam-lhe mais tristes, quase apagadas, como luzes que vasquejavam[56] num fim de vigília, e a lua sem brilho, alumiando baça.

Dantes, isso sim, o luar era uma beleza – tudo aquilo branqueava, claro como o dia; o rio ficava como de prata, a gente via longe e era uma pagodeira de violas; nos tempos de festa, samba, cateretê[57], batuque, baile na casa dos senhores e a negrada

---

[55] Eiras: áreas de terra batida
[56] Vasquejavam: tremulavam, estremeciam
[57] Cateretê: o mesmo que catira, dança rural

solta pelos caminhos, cada crioula que fazia gosto. Agora era a sanfona do italiano, uma coisa enjoada, que nem dava jeito.

Acendia o cachimbo e fumando recordava os dias extintos, a felicidade do cativeiro, o bom tempo. Cochilava acordando, a instantes, sarapantado[58]. Noite comprida!

Quando começava a clarear, levantava-se. Os pássaros cantavam alegres. Na pureza do azul alumiava-se a madrugada. Fazia frio. E ele saía pelo frescor da relva esmaltada de orvalho diamantino, ia andando e, avistando um fumo leve, guiava-se por ele. Sentindo a vida, o despertar alegre, vozes de crianças, tinir de louça, o bom cheiro quente do café coando, a fome apertava com ele: parava à cancela ou à porta, sapateava dedilhando nervosamente o urucungo, e, numa voz que chorava um canto melancólico, anunciava-se à esmola com ânsia de supliciado.

III

Foi na estação que ele soube que o coronel Chico Amaral mandara pôr abaixo a gameleira do cômoro.

Estava sentado no banco, à espera do trem, quando lhe deram a notícia.

Quis levantar-se, não pôde, bambo das pernas, com os olhos manando lágrimas, a garganta arrochada.

O pajem das *Lages* descreveu a "maldade". A árvore custara a cair. Gente boa no machado, rapaziada direita, levara toda a manhã batendo e a árvore dura, teimosa... nem nada! Os passarinhos voavam em volta, assustados, numa gritaria que atordoava, povo assim para ver a bichona! Um trabalhão! Suaram!

Lá para o meio dia, lanhada, escorrendo sumo, começou a estalar. Fazia pena! A gente fugiu de perto, abriu campo, e

---

[58] Sarapantado: espantado, pasmado

começou o puxa-puxa: um cabo grosso, mais de vinte homens. Qual! A bicha balançava, ringia[59], mas nada de cair.

Meteram o machado de novo até que seu Mamede gritou. Foi uma debandada e a gameleira bambeou, mais um sacalão[60] do cabo e, com um estouro, virou caindo, e o chão estremeceu com o baque. Tomou o cômoro, tudo ficou coberto com a mataria. Grande mesmo! Todo o mundo teve pena. E por quê? Cisma de nhá Donga.

Só porque um raio caiu lá em cima e o Dr. Barbosa disse que fora por causa da árvore, a moça começou a pedir, a pedir e seu coronel Chico mandou meter o machado. Fazia dó. Os passarinhos andaram tontos, chorando no ar, ora aqui, ora ali, arranjando casa. Abelhas... êh! até parecia praga e aquilo lá em cima ficou desamparado, triste, vazio... Até parecia que tinha morrido gente.

Sabino ouvira calado, d'olhos no pajem. Acendeu o cachimbo, baixou a cabeça e, descaindo o corpo, com os braços abandonados, ficou imóvel.

Um trem chegou. Passageiros saltaram, os pobres correram à esmola, alrotando[61], gemendo, uma moeda caiu-lhe aos pés, atirada de longe e ele na mesma atitude.

Outros trens e nada: o velho não tinha forças nas pernas, não podia consigo.

À tardinha, quando começaram a fechar o armazém e acenderam a agência, levantou-se a custo e saiu. Pela linha, da estação às *Lages*, era menos de légua, dum lado o rio, do outro lado, além da cerca, lavouras, o brejal do Mosqueiro, sempre aberto em lírios, o sítio do Fabiano, o canavial de seu Amati, a vendinha do Esteves, num alto, e as *Lages*.

---

[59] Ringia: rangia, produzia ruído agudo
[60] Sacalão: puxão
[61] Alrotando: pedindo esmolas com grande clamor, fazendo grande tumulto

Foi indo, devagarinho, parando a espaços para descansar à beira dos bueiros ou nas rampas da estrada.

A lua subia grande e clara, redonda e os trilhos alumiavam como dois regos d'água. Lá embaixo o rio tremeluzia. Os sapos faziam um vozeiro de agouro. Ninguém!

Às vezes, na distância, um cão ladrava.

À frente, rente da terra, uma luz vermelha olhava solitária. Por entre os matos aqui, ali cortava a sombra uma nesga de claridade.

Sempre que via uma árvore alta, com a fronde luzindo ao luar, o negro parava contemplativo e, maquinalmente, picava o urucungo. O som triste como que o despertava: então gemia, meneava a cabeça e, levantando os olhos, fitava o céu estrelado.

Noite linda! A voz do rio era como uma prece na solidão.

Perto da turma, para que o não vissem na linha, desceu a barranca, agarrando-se às ervas, arrimando-se ao cajado e foi beirando o rio merencório[62]. Às vezes um peixe saltava batendo d'estalo na água. Corujas voavam surdamente e na sombra da espessura acendiam-se vaga-lumes.

Passada a casa da turma tornou à estrada, atravessou cautelosamente o pontilhão.

Pareceu-lhe ouvir o estridor longínquo de um comboio. Parou à escuta, levantando a cabeça serenamente, sem medo. Adiante, num corte, era tudo escuro; atrás, nada, não descia trem àquela hora. Era o rio roncando. Foi-se.

Reconhecendo o viçoso canavial do Amati parou: era como um mar dourado e marulhava ao vento. Na colina, entre eucaliptos, alvejava a morada, tão branca como a própria lua.

---

[62] Merencório: melancólico

Era um dos donos da terra. Quem diria! Começara na estrada, trabalhando na picareta. Desaparecera uns tempos, voltara, anos depois, com um macho[63] carregado de fazendas e quinquilharias. Batera aquilo tudo, até Valença e um dia, com a morte de seu Mariano, indo à praça[64] o sítio, quem havia de aparecer para comprá-lo? O italiano.

Seu Carlos da botica garantia que ele arranjara a vida passando notas falsas. O caso é que comprara a terra e lá estava: tinha engenho a vapor, uma boiada limpa, cafezal novo e prédios na cidade. No seu tempo andava roto, descalço, carregando ferramentas, comendo em marmitas, dormindo ao relento, pior que escravo. E estava ali! Ficou olhando. Era assim. Sorte de cada um.

Adiante, a venda do Esteves, outro. Ainda estava aberta, tinha luz. Era o ponto dos colonos, jogo fervia lá dentro até de manhãzinha. Às vezes saíam brigas, facadas, tiros. Mas seu Esteves era homem, zangado ninguém podia com a vida dele. Quando via a coisa mal parada, entrava, apartava os parceiros, botava tudo para fora e fechava a porta.

Só um espanhol quis pegar com ele, mas o português não deu tempo: zuniu o cacete e o outro tombou na estrada, com garrucha e tudo, quase morto.

Estava rico, só em compras de café aos colonos fazia um negocião e emprestava dinheiro e no jogo era uma vassoura.

No tempo de Manezinho aquilo não era nada, um ranchinho à toa, de sapé, com uma pipa de cachaça, umas garrafas de cerveja, uma barrica de bolachas e latas de sardinha. Lá estava: negócio grande. Mas Manezinho era mulato, não tinha sorte. Português chegou, mudou tudo.

---

[63] Macho: mulo, animal de carga
[64] Indo à praça: sendo levado à leilão

Quando passou o córrego pelas alpondras[65], o coração bateu-lhe d'esbarro. Estava nas *Lages*. Entrou mui de passo[66], espreitando.

A fazenda dormia na alvura do luar.

Embaixo, em renque, os paióis, a casa das máquinas; a um lado o moinho. Em cima, na extrema da alameda de palmeiras, a casa senhorial vasta, estendida em janelas, com um largo portão sobre a varanda coberta de trepadeiras.

Os terreiros branqueavam como areais e funda, obscura, luzindo em reflexos metálicos, a mata ainda fazia ressair mais claro o casario silente.

O negro subiu a rampa devagarinho, aos bocados, parando para respirar: sentia o peito oprimido, uma angústia no coração como se lh'o apertassem.

Um vulto de animal passou lentamente na estrada desaparecendo na sombra. Os sapos faziam na horta um estrupido[67] azoinante[68] e no meio do caminho que levava ao pomar uma poça reluzia como um pedaço de céu com estrelas.

No silêncio pairava um férvido ruído, um som vago, retininte como o que se escuta nas conchas. O rio, ao longe, murmurava.

Sabino olhava – era toda a sua vida, toda! Instantaneamente um bando de figuras lépidas revoluteou[69] na sombra. Lá no fundo surgiu a casa antiga, senzalas por ali fora, o engenho, o curral no outeiro[70] – foi um momento, tudo sumiu no luar.

Era o passado que subia do tempo numa evocação da saudade. Caminhou.

---

[65] Alpondras: pedras que atravessam um rio ou ribeirão, de uma para outra margem
[66] De passo: lentamente, sem ruído
[67] Estrupido: estrondo, estrépito
[68] Azoinante: que incomoda
[69] Revoluteou: agitou-se, revolveu-se
[70] Outeiro: pequena elevação de terreno, monte

Um cão saiu debaixo d'uma carreta, acuou à distância, rosnando. O negro intimou-o e o animal, agachando-se, a dar à cauda, veio, de rojo[71], festejá-lo, seguiu-o um instante, mas retrocedeu ladrando. Foi indo. As pernas tremiam-lhe, a cabeça enchia-se-lhe como de fumo, aturdida, sombras empanavam-lhe os olhos.

Quando enfrentou com a casa grande era tão doce o aroma do jardim que esteve um instante encostado à cerca, gozando-o. Ali mesmo – mas não era assim – costumava ficar até tarde, os olhos na porta da cozinha, à espera de Maria Rosa. Quantos anos! Tempo voa! Mas parecia que fora ontem, a modo que ainda sentia o cheiro do corpo.

Olhava: tudo em silêncio. No seu tempo, não vê! Àquela hora a rapaziada andava furando os matos atrás de mulheres, outros capiangando[72] e quem não levava a sua rapariga ia encolhido pelas bibocas com sacos de café para a venda.

Onde estava essa gente toda? Na terra, com o mato em cima.

A água, correndo por um canal, passava por ele com um murmúrio leve.

Dali ao cômoro era um instante, caminho bom. Sentou-se numa pedra e ficou banzando.

Quanta coisa! Reviu tudo como em sonho, gozando a morte. Por fim levantou-se.

Os galos cantavam, uma cigarra chiou na ilusão do luar.

Quando chegou acima, a árvore caída parecia amortalhada em luz; as folhas avultavam em monte, o tronco estendia-se como enorme coluna.

O negro ficou estatelado, olhando, com lágrimas silenciosas. Teve um arquejo. Tomou o urucungo a mãos ambas, estendeu os braços como se oferecesse o instrumento à morta. Um som

---

[71] De rojo: arrastando-se no chão
[72] Capiangando: furtando, surrupiando

partiu, lúgubre. Não pôde mais: amoleceu as pernas, caiu entre as folhas, de bruços.

De manhã, quando a gente subiu para talhar a árvore e limpar o cômoro, Mamede que ia à frente, interrompeu a algazarra alegre dos companheiros com uma exclamação espavorida:

– Uai! Cruz!

Correram todos curiosos:

– Que é? Que é?

E o capataz que recuara, mostrou um vulto entre as folhas murchas.

– A modo qu'é tio Sabino.

Aproximaram-se, examinaram.

– É mesmo.

Era o negro – deitado entre as folhas da árvore, com o urucungo no peito, os olhos ainda abertos, morto.

(*Banzo*, 1913)

Henrique Maximiano **Coelho Neto** (Caxias, MA, 1864 – Rio de Janeiro, RJ, 1934) formou-se em Direito, tendo estudado no Recife e em São Paulo. Aderiu às ideias abolicionistas e republicanas. Ocupou diversos cargos públicos no Rio de Janeiro. Foi professor no Ginásio Pedro II, na Escola Nacional de Belas Artes e na Escola de Arte Dramática. Deputado federal eleito pelo Maranhão em 1909, obteve a reeleição em 1917. Ao mesmo tempo manteve extensa atividade em jornais e revistas, publicando trabalhos com seu próprio nome ou pseudônimos.

Autor de dezenas de obras dos mais variados gêneros (romance, conto, teatro, crítica, crônica etc.), foi por alguns anos o escritor mais lido no Brasil. Seu estilo prolixo, rebuscado, no entanto, mereceu grandes restrições principalmente a partir do Movimento Modernista de 1922. Alguns de seus livros: *A capital federal*, *Esfinge*, *Rei negro*, *Sertão*, *A cidade maravilhosa*.

A garupa
(história do sertão)

Afonso Arinos

Saímos para o campeio[1] com a fresca da madrugada. Tínhamos de ir longe e de pousar no campo. Eu tomava conta da eguada, ele era vaqueiro. Vizinhos de retiro na fazenda de meu amo, companheiros de muitos anos, não largávamos um do outro. Sempre que havia uma folgazinha, ou ele vinha para o meu rancho, ou eu ia para o rancho dele. Às vezes, quando meu amo queria perguntar por nós aos outros vaqueiros e camaradas, dizia:

— Onde estão a corda e a caçamba?

Vancê bem pode imaginar, patrão, que tábua eu não carrego, que dor me não dói bem no fundo do coração, desde aquele triste dia.

Como eu lhe ia dizendo, nós saímos com a fresca. Por sinal que, naquele dia, compadre Quinca estava alegre, animado como poucas vezes. Ainda me lembra que o cavalo dele, um castanho estrelo[2] calçado dos quatro pés[3], a modo que não queria sair

---
[1] Campeio: saída para procurar e reunir os animais
[2] Castanho estrelo: cavalo pardo com mancha branca na testa
[3] Calçado dos quatro pés: de patas brancas

do terreiro. Quando nós fomos passando perto do cocho da porta, ou ele viu alguma coisa lá dentro ou quê, o diacho do cavalinho virou nos pés.

— O defunto Joaquim — coitado! Deus lhe dê o céu! — juntou o bicho nas esporas, jogou-o para a frente e, num galão[4], quase ralou a perna no rebuço[5] do telhado de meia--água dos bezerros.

Saímos.

Quando fomos confrontando com a lagoa da Caiçara ele ganhou o trilho para umas barrocas, lá embaixo, onde diziam que duas novilhas tinham dado cria e que um dos bezerros estava com bicheira no umbigo.

Eu torci para o logradouro das éguas, cá para a banda do cerrado de cima.

— Está bom. Então, até, compadre!
— Se Deus quiser, meu compadre!

Não sei o que falou por dentro dele, porque, naquele mesmo suflagrante[6], ele virou para mim e disse:

— Qual, compadre! Vamos juntos. Assim como assim, a gente não pode chegar à casa hoje. Pois então, a gente viajeia junto, e da Água Limpa eu torço lá para Fundão, para pegar as novilhas; vancê apanha lá adiante o caminho do logradouro.

Eu já ia indo um pedaço, quando dei de rédeas para trás e ajuntei-me outra vez com o compadre. Parece que ele estava adivinhando!

E fomos indo, conversa tira conversa, caso puxa caso. Era dia grande de meu Deus!

---

[4] Galão: salto ou corcoveio
[5] Rebuço: aba
[6] Suflagrante: no instante

Ainda na beira de um corguinho[7], lá adiante, eu tirei dos alforjes[8] um embornal[9] com farinha, fiz um foguinho e assamos um naco de carne-seca, bem gorda e bem gostosa, louvado seja Deus! Bebemos um gole d'água e tocamos.

Aí, já na virada do dia, o compadre me disse:

— Compadre, vancê vai andando, que eu vou descer àquele buraco. Pode ter alguma rês ali. A modo que eu vi relampear o lombo daquela novilha chumbadinha[10], que anda sumida faz muito tempo.

Ele foi descendo para o buraco e eu segui meu caminho pelos altos. Com pouca dúvida, ouvi um grito grande e doído: — Aiiii!

Acudi logo:

— Que é lá, compadre? — e apertei nas esporas o meu queimado[11].

Não le conto nada, patrãozinho! Quando cheguei lá, o castanho galopava com os arreios e meu compadre estava estendido numa moita de capim, com a cabeça meio para baixo e a mão apertada no peito.

— Que é isto, meu compadre? Não há de ser nada, com o favor de Deus!

Apalpei o homem, levantei-lhe a cabeça, arrastei-o para um capim, encostei-o ali, chamei por ele, esfreguei-lhe o corpo, corri lá embaixo, num olho-d'água[12], enchi o chapéu, quis dar-lhe de beber, sacudi-o, virei, mexi: nada! Estava tudo acabado! O compadre morrera de repente; só Deus foi testemunha.

---

[7] Corginho: pequeno córrego
[8] Alforjes: sacos duplos, formando duas bolsas iguais
[9] Embornal: sacola
[10] Chumbadinha: com manchas pretas sobre pelo de outra cor
[11] Queimado: o mesmo que castanho
[12] Olho-d'água: nascente

E agora, como é, Benedito Pires? Peguei a imaginar como era, como não era: eu sozinho e Deus, ou melhor, abaixo de Deus, o pobre do Benedito Pires; afora eu, o defunto e os dois bichos, o meu cavalo e o dele. Imaginei, imaginei... Dali à casa era um pedaço de chão, umas cinco léguas boas; ao arraial, também cinco léguas. Tanto fazia ir à casa, como ao arraial. Mais perto, nenhum morador, nem sinal de gente! Largar meu compadre, eu não podia: amigo é amigo! Demais, estava ficando tarde. Até eu ir buscar gente e voltar, o corpo ficava entregue aos bichos do mato, onça, ariranha[13], tatupeba[14], tatu-canastra... Nem é bom falar! Levar o corpo para a casa e de lá para o arraial, era andar dez léguas, não contando o tempo de ajuntar gente em casa para carregar a rede. Assim, assentei que o melhor era fazer o que eu fiz. Distância por distância, decidi levar o compadre direito para o arraial onde há igreja e cemitério.

Mas, ir como? Aí é que estava a coisa. Pobre do compadre! Banzei[15] um pedacinho e tirei o laço da garupa. Nós, campeiros, não largamos o nosso laço. Antes de ficar duro o defunto, passei o laço embaixo dos braços dele – coitado! –, joguei a ponta por cima do galho de um jatobá e suspendi o corpo no ar. Então, montei a cavalo e fiquei bem debaixo dos pés do defunto. Fui descendo o corpo devagarinho, abrindo-lhe as pernas e escarranchando-o na garupa.

Quando vi que estava bem engarupado, passei-lhe os braços por baixo dos meus e amarrei-lhe as mãos diante do meu peito. Assim ficou, grudado comigo. O cavalo dele atafulhou-se[16] no cerrado.

---

[13] Ariranha: mamífero carnívoro
[14] Tatupeba: espécie de tatu de cor amarronzada
[15] Banzei: andei ao léu
[16] Atafulhou-se: embrenhou-se

— Lá se avenha![17] – pensei. – Tomara eu tempo para cuidar do pobre do dono!

Caminho para o arraial era um modo de falar. Estrada mesmo não havia: mal-mal uns trilhos de gado, uns cortando os outros, trançando-se pelos campos e sumindo-se nos cerradões.

Tomei as alturas e corri as esporas no meu queimado, que, louvado Deus, era bicho de fiança; nunca me deixou a pé e andou sempre bem arreadinho.

O sol já estava some não some atrás dos morros; a barra do céu, cor de açafrão[18]; as jaós[19] cantavam de lá, as perdizes respondiam de cá, tão triste!

Quando eu ganhei o espinhaço da serra, lá em cima, as nossas sombras, muito compridas, estendiam as cabeças até ao fundo do boqueirão.

Era tempo de escuro. O que ainda me valeu, abaixo de Deus, foi que estava chegando o meio do ano, e nessa ocasião, a estrela do pastor[20] nasce de tarde e alumia pela noite adentro.

Enquanto foi dia, ainda que bem; mas, quando a noite fechou deveras e eu não tinha no meio daquele campo outra claridade senão a da estrela, só Noss'enhor sabe por que não acompanhei o compadre para o outro mundo, rodando por alguma perambeira[21], ou caindo com o seu corpo no fundo de algum grotão. Nos cerradões, ou nos matos, como no da beira do ribeirão, eu não enxergava, às vezes, nem as orelhas do meu queimado, que descia os topes gemendo. O compadre, aí rente. O que vale é que "macho que geme, a carga não teme", lá diz o ditado.

---

[17] Lá se avenha!: que fique por conta própria
[18] Açafrão: amarelo escuro
[19] Jaós: aves típicas do cerrado do Brasil central
[20] Estrela do pastor: Vênus ou Estrela d'Alva
[21] Perambeira: precipício

Toquei para diante: sobe morro, desce morro, vara chapada, fura mato, corta cerradão, salta córrego – eu fui andando sempre. O defunto vinha com o chapéu de couro preso no pescoço pela barbela[22] e caído para a carcunda. Quando o queimado trotava um pouco mais depressa, o chapéu fazia – pum, pum, pum. O compadre a modo que estava esfriando demais. Não sei se era porque fosse mesmo tempo de frio, eu peguei a sentir nas costas uma coisa que me gelava os ossos e chegava a me esfriar o coração. Jesus! Que friúra aquela!

A noite ia fechando, fechando. Eu já seguia não sei como, pois tinha de andar só pelo rumo. O queimado, às vezes, refugava daqui, fugia dacolá, cheirava as moitas e bufava. Pelo barulho d'água, eu vi que nós íamos chegando à beira do ribeirão. Tinha aí de atravessar uma mataria braba, por um trilho de gado. Insensivelmente, eu fugia de um galho, negava o corpo a outro, virando na sela campeira. A cabeça do compadre, que, no princípio, batia de lá para cá e, às vezes, escangotava[23], endureceu, e o queixo dele, com a marcha do animal, me martelava a apá[24].

Fui tocando. Dentro da mataria, passava um ou outro vaga-lume, e havia uma voz triste, grossa, vagarosa, de algum pássaro da noite que eu não conheço e que cantava num tom só, muito compassado, zoando[25], zoando...

Em certa hora parecia que meu cavalo marchava num terreno oco: ao baque das passadas respondia lá no fundo outro baque e o som rolava como um trovão longe. A ramaria estava cerrada por cima de minha cabeça, que nem a coberta do meu rancho. O trilho a modo que ia ficando esconso[26], porque o queimado

---

[22] Barbela: cordão que segura o chapéu
[23] Escangotava: sacudia o cangote, a nuca
[24] Apá: ombro, omoplata
[25] Zoando: produzindo ruído forte e confuso
[26] Esconso: tortuoso

não sabia onde pisar; chegou uma horinha em que ele pegou a patinhar para cima, para baixo, de uma banda e de outra, sem adiantar um passo. O bicho parecia que estava ganhando força para fazer alguma. Não levou muito tempo, ele mergulhou aqui para sair lá adiante, descendo ao fundo de um buraco e galgando um tope aos arrancos, escorrega aqui, firma acolá.

Nesse vaivém, nesse balanço dos diabos, o corpo do compadre pendia pra lá, pra cá. Uma vez ou outra, ele ia arcando, arcando; a cara dele chegava mais perto da minha e – Deus me perdoe! – pensei até que ele queria me olhar no rosto.

Eu ia tocando toda-vida[27]. Mas, aquele frio, ih! aquele frio foi crescendo, foi me descendo para os pés, subindo para os ombros, estendendo-se para os braços e encarangando-me[28] os dedos. Eu já quase não sentia as rédeas, nem os estribos.

Aí, por Deus! eu não enxergava nem as pontas das orelhas do queimado; a escuridão fechou de todo e o cavalo não pôde romper. Corri-lhe as esporas; o bicho era de espírito, eu bem sabia; mas bufava, bufava, cheirando alguma coisa na frente e refugava... Tanto apertei o bicho nas esporas, que, de repente, ele suspendeu as mãos no ar... O corpo do compadre me puxou para trás, mas eu não perdi o tino. Tinha confiança no cavalo e debrucei-me para a frente... Senti que o casco do queimado batia numa torada de pau atravessada por cima do trilho.

E agora, Benedito? Entreguei a alma a Deus e bambeei as rédeas. O cavalo parou, tremendo... Mas o focinho dele andava de um lado para o outro, cheirando o chão e soprando com força... Com pouca dúvida, ele foi-se encostando devagarinho, bem rente do mato; minhas pernas roçavam nos troncos e nas folhas do arvoredo miúdo. Senti um arranco e, com a ajuda de

---

[27] Toda-vida: sempre na mesma direção
[28] Encarangando: entorpecendo, paralisando

Deus, caí do outro lado, firme nos arreios: o queimado achou jeito de saltar a barreira nalgum lugar favorável.

Toquei para diante. Ah! patrão! não gosto de falar no que foi a passagem do ribeirão aquela noite! Não gosto de lembrar a descida do barranco, a correnteza, as pedras roliças do fundo d'água, aquele vau[29] que a gente só passa de dia e com muito jeito, sabendo muito bem os lugares. Basta dizer que a água me chegou quase às borrainas[30] da sela, e do outro lado, cavalo, cavaleiro e defunto – tudo pingava!

Eu já não sentia mais o meu corpo: o meu, o do defunto e o do cavalo misturaram-se num mesmo frio bem frio; eu não sabia mais qual era a minha perna, qual a dele... Eram três corpos num só corpo, três cabeças numa cabeça, porque só a minha pensava... Mas quem sabe também se o defunto não estava pensando? Quem sabe se não era eu o defunto e se não era ele que me vinha carregando na frente dos arreios?

Peguei a imaginar nisso, meu patrão, porque – medo não era, tomo a Deus por testemunha! – eu não sentia mais nada, nem sela, nem rédea, nem estribos. Parecia que eu era o ar, mas um ar muito frio, que andava sutil, sem tocar no chão, ouvindo – porque ouvir eu ouvia – de longe, do alto, as passadas do cavalo, e vendo – eu ainda enxergava também – as sombras do arvoredo no cerrado e, por cima de mim, a boiada das estrelas no pastoreio lá do céu!

Só este medo eu tive, meu patrão – de não poder falar. Quis chamar por meu nome, para ver se eu era eu mesmo; quis lembrar alguma coisa desta vida, mas não tive coragem de experimentar...

Aí já não posso dizer que marchei para diante: fui levado nessa dúvida, pensando que bem podia ser eu alguma alma

---

[29] Vau: local raso de um rio
[30] Borrainas: parte mais alta da sela

perdida naquela noite, zanzando pelos campos e cerrados da terra onde assisti[31] de menino...

E quem sabe também se a noite era só noite para meus olhos, olhos vidrados de defunto? Bem podia ser que fosse dia claro... Haverá dia e noite para as almas, ou será o dia das almas essa noite em que vou andando?

Essa dúvida, patrão, foi crescendo... E uma hora chegou em que eu não acreditava em mim mesmo, nem punha mais fé no que eu tinha visto antes... Peguei a pensar que era minha alma quem ia acompanhando pela noite fora aqueles três vultos... Minha alma era um vento, um vento frio, avoando como um curiango[32] arriba das nossas cabeças.

Daí, patrão, enfim, entendi que aquilo tudo por ali em roda era algum logradouro da gente que já morreu, alguma repartição de Noss'enhor, por onde a gente passa depois da morte. Mas, aquele escuro e aquele frio! Sim, era muito estúrdio[33] aquilo. Ou quem sabe se aquilo era um pouso no caminho do outro mundo? Numa comparação, podia bem ser o estradão assombreado por onde a alma, depois de separada do corpo, caminha para onde Deus é servido.

Ah! patrão! o que minh'alma imaginou aquele tempo todo eu não lhe posso contar, não! Sei que fomos embora, aqueles três vultos, um carregando dois e todos três irmanados dentro da mesma escuridão.

Tocamos.

De repente, peguei a ouvir galo cantar. Uai! Era bem o canto do galo; com pouca dúvida, um cachorro latiu lá adiante. Gente, que é isso? Que trapalhada era essa? Era o compadre

---

[31] Assisti: morei
[32] Curiango: ave de hábitos noturnos
[33] Estúrdio: confuso, estranho

que estava ouvindo, ou era eu? Pois, então, Benedito virou de novo Benedito?

Ou é que as coisas por lá são tal e qual as nossas de cá, com pouca diferença? Galo e cachorro eu ouvi. Estive assuntando mais e ouvi o mugido de uma vaca e o berro de um bezerro... Com um tiquinho de tempo mais, eu vi, e vi bem, uma casa e outra e outra e outra ainda! Gente, isso é o arraial: olha a igreja ali!

Não havia dúvida mais: estávamos no arraial e o queimado batia o casco numa calçadinha da rua.

Era eu mesmo, era o meu queimado e o compadre aí rente, na garupa!

Toquei para a casa do sacristão e bati. Custou muito a responder, mas uma janela abriu e uma cabeça apareceu a modo muito assustada.

– Abre a igreja, que tem defunto aqui!
– Cruz, cruz, cruz, Ave Maria! – gritou o sacristão assombrado, e bateu a janela, correndo para dentro da casa.

Eu não insisti mais. Toquei para a porta da igreja, de onde correram assustados uns cabritos. Defronte, o cruzeiro abria os braços para nós. Como havia de ser? Quem me podia ajudar a descer aquele corpo?

Parei um pedaço, olhando para o tempo.

Aí o frio pegou a apertar outra vez, e uma coisa me fazia uma zoeira nos ouvidos, que nem um lote de cigarras num dia de sol quente. Que frio, que frio! Meu queixo pegou a bater feito uma vara[34] de canelas-ruivas[35]. Turrr! turrr! O compadre, atracado na minha carcunda, ficou feito um casco de tatu; quando meu calcanhar batia no pé dele, o baque respondia no corpo todo e o queixo dele me fincava com mais força na apá. A porta da igreja

---

[34] Vara: manada de porcos
[35] Canelas-ruivas: porcos-do-mato ou queixadas

pegou a rodar, principiando muito devagarinho; e o cruzeiro a modo que saía do lugar, vinha para mim, subia lá em cima, descia cá embaixo, como uma gangorra, mal comparando.

Peguei a sentir, não sei se na cabeça, não sei mesmo onde, um fogo, que era fogo lá dentro e cá fora, no meu corpo, nas minhas pernas, nas mãos, nos pés, nas costas era uma friúra, que ninguém nunca viu tão grande!...

Meu braço não mexia, minhas mãos não mexiam, meus pés não saíam do lugar; e, calado como defunto, eu fiquei ali, de olhos arregalados, olhando a escuridão, ouvidos alertas, ouvindo as coisas caladas!

Meu cavalo, estressilhado[36] também de fome, de cansaço e de frio, vendo que a carga não era de cavaleiro, desandou a andar à toa, pra baixo, pra cima, catando aqui-acolá uns fiapos de capim...

Quando eu passava por perto da porta de alguma casa, fazia força e podia gritar:

– Ô de casa! Gente, vem ajudar um cristão! Vem dar uma demão aqui!

Ninguém respondia!

Numa porta em que o cavalo parou mais tempo – porque uma hora meu queimado parecia cavalo de aleijado parando nas portas para receber esmola – apareceu uma cara... E quando eu disse:

– "É um defunto..." – a pessoa soltou um grito e correu para dentro esconjurando[37]...

Mas, as casas todas pegaram a embalançar outra vez, e eu estava como em cima d'água, boiando, boiando...

Parece que o queimado cansou de andar. Lá nos pés do cruzeiro, onde havia um gramado, ele parou...

---
[36] Estressilhado: tenso e perturbado pelo cansaço
[37] Esconjurando: arrenegando

E foi aí que vieram me achar, de manhãzinha, com os olhos arregalados, todo frio, todo encarangado e duro no cavalo, com o compadre à garupa!

Ah! patrão! amigo é amigo!

Daí para cá eu andei bem doente...

Quantos anos já lá se vão, nem eu sei mais.

O que eu sei, só o que eu sei, é que nunca mais, nunca mais aquele friúme das costas me largou!

Nem chás, nem mezinha, nem fogo, nem nada!

E quando eu ando pelo campo, quando eu deito na minha cama, quando eu vou a uma festa, me acompanha sempre, por toda a parte, de dia e de noite, aquele friúme, que não é mais deste mundo!

Coitado do compadre! Deus lhe dê o céu!

(*Histórias e paisagens*, 1921)

Afonso Arinos (Paracatu, MG, 1868 – Barcelona, 1916) era de família tradicional, os Melo Franco. Filho de magistrado, acompanhou o pai por diversas cidades e bacharelou-se em Direito, em São Paulo. Ainda quando estudante, publicou seus primeiros escritos no *Estado de Minas*, jornal de Ouro Preto. Seu conto "A esteireira" foi publicado em 1894, o que lhe rendeu – embora haja polêmica em torno – o título de iniciador do regionalismo.

Monarquista convicto, assumiu a redação do jornal monarquista *O Comércio de São Paulo*, de propriedade de Eduardo Prado, tio de sua mulher e uma das maiores fortunas da época. Nesse tempo, escreveu *Os jagunços*, sobre a guerra de Canudos, mas foi totalmente eclipsado por *Os sertões*, de Euclides da Cunha.

Admirador da cultura popular, suas melhores obras versam sobre ela: *Pelo sertão, Histórias e paisagens, Lendas e tradições brasileiras*. Desesperançado quanto à volta da monarquia, passou a residir em Paris (1904), de onde retornou diversas vezes ao Brasil. Numa de suas viagens, faleceu.

Peru de roda[1]

Hugo de Carvalho Ramos

Bela estampa de homem, o coronel Pedrinho! Alto, desempenado, a pele corada e rebrunhida[2] pelos sóis do sertão, fazia gosto vê-lo quando apontava à tardinha no pouso, onde a tropa arranchara, e, estribado na sua grande mula ruana[3], passava revista à burrada, em fila ao longo do parapeito, o cabrestame em cruz sobre a testeira aberta, e mui vivaz e solerte[4] à voz do patrão, interpelando Joaquim Percevejo – o arrieiro[5].

Sempre num terno de brim milagrosamente escapo à poeira das estradas, as botas de verniz mui lustrosas sob a prata dos esporins, um lenço de seda negra cingindo em fofo pela aliança de ouro[6] o pescoço desafogado, mão firmada na ponteira do chicote que se apoiava à albardana[7] acolchoada da sela bela-vistense – era

---

[1] Peru de roda: que forma com a cauda uma espécie de leque
[2] Rebrunhida: polida
[3] Ruana: de pelo branco e pardo
[4] Solerte: esperto
[5] Arrieiro: guia de tropa
[6] Cingindo... de ouro: é costume entre tropeiros e boiadeiros atar o lenço ao pescoço enfiando as pontas dele num anel
[7] Albardana: frente da sela

mesmo uma bizarria[8] quando o seu perfil moreno atravessava ao largo das fazendas, donde o pessoal se postava das janelas e currais observando pouco antes a passagem da tropa, ou rompia árdega[9] a mula pela praça do povoado, à descarga do último lote na rancharia dos tropeiros.

Figura única aquela, como única a andadura da ruana, de postura e qualidades tão bem gabadas e discutidas como as vantagens pessoais de seu dono.

Também, já ia o moço tropeiro beiradeando pelos trinta e quatro, e desde rapazote batia as estradas comerciais do velho Goiás, a princípio sob as ordens de seu defunto padrasto, o coronel Gominhos, de quem herdara a tropa e o título, depois por gosto próprio, fugindo à vida marasmática[10] e aperrengada do vilório[11] natal, com todas as suas intrigalhadas e ódios inevitáveis de facção política.

De Pirenópolis a Araguari, em Minas, de passagem por Corumbá, Antas, Bela Vista e mais vilarejos do interior, transportando do sertão dos Pireneus couros e fumo, trazendo das praças mineiras as variadas manufaturas, ninguém como ele mais estimado e procurado para um ajuste de frete, dada a segurança da sua tropa – a mais garbosa e luzidia naquelas alturas – e o zelo sempre alerta que punha no resguardo da carga, quer fossem caixotes com o dístico – *cuidado*!... – indicando o conteúdo perigoso da dinamite, quer fosse o letreiro encarnado – *frágil* – sobre a tampa de pinho dos aparelhos delicados de louçaria e vidro. E, quando em mãos dos destinatários, não havia então reclamações por vias de uma peça partida, ou fazenda desbotada pela chuva na caminhada dificultosa.

---

[8] Bizarria: aparato, pompa
[9] Árdega: impetuosa, fogosa
[10] Marasmática: parada, monótona
[11] Vilório (pejorativo): vila pequena e de pouca importância

O seu prestígio corria parelha com a fama de honradez e sobranceria[12] de caráter em que era tido naquelas funduras.

Já Joaquim Percevejo, o arrieiro, era um tipo bem diverso do patrão. Com uma longa faca de arrastro[13] sustida ao correão da cinta pela espera[14] de sola grossa, a barbaça grisalhona, espalhada em leque sobre as cordoveias[15] do papo túrgido e rubro de peru de roda, afunilada e acabando em bico na boca do estômago, as pernas mui curtas e em arco pelo hábito da montaria, era um homem cuja eterna sisudez impunha sempre um respeito desconfiado aos camaradas. E, mui embora lhe viessem sentindo dia a dia a morrinha[16] impertinente de seu gênio testudo e ateimado de ideias, em contraste à franca jovialidade do patrão, não ousavam contudo murmurar dos ralhos do arrieiro, quando via as suas ordens mal cumpridas ou relaxadas pelos seus na labuta cotidiana.

Assim, antes que a madrugada fosse amiudando, sobre a verde louçania[17] dos serrotes apurpureassem[18] os primeiros listrões da aurora, já na trempe[19] do rancho, sob o buriti do olho-d'água, se pousavam ao relento, chiava o caldeirão do cozinheiro, preparando o café e a rapaziada toda fazia roda, pronta a bater o encosto da vargem, ao campeio[20] habitual da mulada.

Pois toda a satisfação do arrieiro consistia em ver o patrão, assim saído da barraca, com o seu floreado cuitezinho[21] da bebida

---

[12] Sobranceria: altivez, superioridade
[13] Faca de arrastro: facão
[14] Espera: laço
[15] Cordoveias: veias grossas
[16] Morrinha: prostração, sentimento melancólico
[17] Louçania: viço, graça
[18] Apurpureassem: arroxeassem
[19] Trempe: arco de ferro com três pés sobre o qual se põem panelas que vão ao fogo
[20] Campeio: procura
[21] Cuitezinho: pequena cuia

estimulante à espera, e os lotes completos, em fila nas estacas, babujando[22] já a quirera[23] da ração matutina.

Era de vê-lo então apurando o ouvido, inchando o peito, numa empáfia de mal contido orgulho, à saudação costumeira:

— Ah! sim, que vocês por aqui me madrugaram hoje, hein?!
— Na forma de sempre, patrão!

E bradava logo, comandativo, ao dianteiro[24], a raspar ainda a sua rapadura no fundo da caneca:

— Êh! Jerome! Toca pra diante, rapaz! Que o sol já 'stá pr'aí botando o seu carão de fora!

O outro não se fazia rogado. Descido o primeiro fardo da pilha, dava-lhe o boleio[25] de uso, metia os dedos às alças, levantava-o à altura da cabeça, e, sob um peso de cinco ou seis arrobas de sola, estalava a mão ao fundo, na regra do costume, descia suavemente ao ombro; e, upa, upa, amiudando um passinho de mulo carregado que tivera a sua medida, vinha encostá-lo à capota do cargueiro, onde um camarada dava a demão, enfiando as alças no cabeçote[26] e escorava a cangalha[27], enquanto ele corria a pegar outro fardo, restabelecendo do lado oposto o equilíbrio. Vinham os dobros[28] desfazendo as demasias; e, passado o ligal[29], arrochado e preso o cambito[30] da sobrecarga, o dianteiro desatava o cabresto, enfiava-o à argola da cabresteira, e dando um muxoxo ao ouvido da madrinha[31], esta tomava prestes a saída do trilho,

---

[22] Babujando: sujando-se com os restos da comida
[23] Quirera: resíduo de farinha
[24] Dianteiro: tropeiro que vai à frente
[25] Boleio: ação de arredondar a forma, no caso, do fardo
[26] Cabeçote: parte anterior e mais alta da cangalha
[27] Cangalha: artefato de madeira que se coloca no lombo das cavalgaduras para pendurar carga
[28] Dobros: pesos sobre a carga, para equilibrar
[29] Ligal: couro de boi para cobrir a carga
[30] Cambito: peça de madeira
[31] Madrinha: animal guia da tropa

apanhava o balanço rítmico da marcha, e lá ia arfando estrada afora, na matinada[32] bimbalhante dos guizos e cincerros[33].

E o segundo burro, aprestado e solto, àquela toada costumeira que se alongava e ia distanciando do outro lado do córrego, saía logo a passo amiudado, impaciente por morder o primeiro na retranca, mal dando tento[34] do peso morto de dez arrobas e mais que trazia sobre o lombo. E após esse, um a um os demais iam saindo na poeirada do antecedente, desaparecido no cotovelo do atalho. E quando o último sumia além, no gorgulho[35] da rampa, já o segundo lote acangalhado e alerta nas estacas recebia os surrões[36], nos primeiros aprestos[37] da partida.

Do lado de dentro do rancho, cotovelos fincados sobre o parapeito, Joaquim Percevejo assistia diariamente à saída da tropa. Era um garbo ver como as cores dos lotes se sucediam por escalão, o primeiro de crioulos alentados, o pelo rebrilhando sobre a fartura luzidia das ancas; o segundo alvejante e albino, na mesma abundância de carnes roliças, para dar lugar aos rosados, castanhos-escuros e pelos-de-rato dos terceiro, quarto e quinto lotes, ainda mui arteiros e indiferentes sob o arrocho dos carregamentos...

Já o cozinheiro albardara[38] o seu ruço[39] desferrado, e numa andadura indolente saíra ao alcance do dianteiro, que levava como dobro a capoeira[40] de seu trem de cozinha. E quando era a vez do culatreiro[41], ainda os machos queimados de seu lote –

---

[32] Matinada: algazarra
[33] Cincerros: campainhas grandes pendentes do pescoço da besta que servem de guia às outras
[34] Dando tento: dando-se conta
[35] Gorgulho: pedra miúda
[36] Surrões: sacos
[37] Aprestos: preparativos
[38] Albardara: arreara
[39] Ruço: cavalo pardacento
[40] Capoeira: cesta grande
[41] Culatreiro: tropeiro que vai por último

o refugo da tropada – fariam inveja a muita fieira de tropa que "briquitava"[42] naquelas estradas!

Então o arrieiro ajeitava a chilena[43] ao pé esquerdo, aparelhava a ruana do patrão, presa à cancela do rancho, e ia apertar a cilha[44] à sua mula mascarada, que naquela manha de animal velho e sabido, inchava a barriga, eriçava-lhe os redomoinhos, para menos sentir os efeitos do arrocho.

O coronel deixava-o pouco adiante, para um dedo de prosa com os conhecidos das fazendas que se iam avistando a pouco e pouco à direita, à esquerda, da estrada. E ele torava[45] para a frente, no trote picado da montaria, chupando o cigarrão, devorando rapidamente as distâncias, no rastro ainda fresco da tropa, cuja ferradura ia amoldando a argila barrenta da chapada, estrada afora.

E quando galgava a eminência de um descampado, onde eram o araticum-do-campo, o pequizeiro, a fruteira-de-lobo e os coqueiros de macaúba que para cá dos listrões de mato se descortinavam esparsos no sapé bravio, a sua vista perdia-se ao longe, nas ondulações do terreno, abrangendo a récua distante do dianteiro, contornando um serrote; mais aquém, no fundo da vargem, o segundo, que galgava a encosta; o terceiro e o quarto ainda ocultos no travessão[46] de mato, lá embaixo, donde não tardaria em pouco aquele a desembocar; o quinto acobertando-se nas árvores, e os cincerros da guieira[47] do culatreiro a chocalhar-lhe os ouvidos ali adiante, numa nuvem de poeira, de que recebia as últimas lufadas.

---

[42] "Briquitava": pelejava
[43] Chilena: espora
[44] Cilha: cinta larga que cinge a barriga das cavalgaduras
[45] Torava: avançava
[46] Travessão: pedaço
[47] Guieira: mula que vai à frente de um lote

Na estiagem magnífica da manhã, o sol aquentando e vibrando todo o sertão numa auréola gloriosa de luzes, zumbidos e chilreios – trilos de insetos nas touceiras orvalhadas e chirriadas adormentadoras de cigarras, plumagens multicores de pássaros no verde retinto da folhagem e arrulhos cantantes de água corrente – Joaquim Percevejo empinava o busto e ficava olhando muito tempo, esquecido, para baixo, donde vinha, por vezes, o reverberamento do sol, dando de chapa no latão de uma bacia, emborcada sobre um cargueiro do segundo lote.

Ao longe, os peões bracejavam e sacudiam a taca[48], achegados à retranca dos lotes; e nos volteios do caminho, as suas cabeças amarradas em lenço de alcobaça[49] – as pontas sarapintadas voltadas para trás – passavam como asas de borboletas, adejando num voo indolente rasteiras ao solo, uma azul, outra amarela, outra encarnada, por sobre o verde-pálido indefinível da campina. Faiscavam às vezes, num movimento involuntário do pescoço, os metais das cabeçadas de prata; subia a toada contínua dos guizos e cincerros; e, a perder de vista, a terra estuava[50] e desdobrava-se uniforme, na mesma e epitalâmica[51] pujança de arruídos e de vida.

Joaquim Percevejo ficava olhando, olhando, estribado sobre os loros[52]; e, vendo-se a sós, não podia que não soltasse o brado de entusiasmo que lhe transbordava do papo túrgido de peru de roda:

– Eta tropa danada!...

E aquela exclamativa era a expressão sentimental de toda uma existência subitamente revelada.

---

[48] Taca: chicote
[49] Alcobaça: tecido de algodão estampado
[50] Estuava: pulsava
[51] Epitalâmica: relativa a canto nupcial
[52] Loros: correias de sustentação do estribo

Espicaçada por súbita esporada, a mula descia em dois corcovos bruscos a rampa, crepitando, fazendo às árvores e cupins que deixava para trás, em postura de monge ermitão, uma carantonha[53] obscena com o rabo erguido.

Pegado o culatreiro, já a sua fisionomia readquirira a sisudez apática de costume. O vozeirão grosso, descansado, de quem sabe dar o devido peso às palavras, interpelava:

– Êh! Sô Quim, como vai seguindo isto por aqui?

– O Passarinho tá danado de veiaco hoje; essoutro dia tanto coçou nos pau que deitou a carga no atoladô. Agora só qué memo cortá vorta no mato. Tá danado!

– Chega-lhe a taca, home; que isso é falta de carga no lombo. Amanhã, bota-lhe em riba mais um dobro da dianteira e o rosário de ferraduras. Vamos ver se ainda treta[54] depois pelo caminho...

Não lhe dava o xará em respeito à hierarquia. Tinham chegado ao córrego, no âmago do travessão. Os burros enfurnavam-se pela garganta do ribeiro acima, entre o arvoredo das margens, recusando cada qual beber a água suja do que o precedera; e os que ficavam para trás, saciados, experimentando um súbito abaixamento de temperatura, abriam as pernas, selavam[55] o ventre, e rabo ao ar dejetavam na corrente, naquela satisfação refestelada de irracionais.

Os dois tinham parado à beira do córrego. Picando uma rodela de fumo, continuavam a conversa encetada. A mula do arrieiro, mais filósofa, matava ali mesmo a sede, num chiado agudo de água passando entre os ferros do freio, até que o primeiro mijado, a descer em bolhas na torrente, lhe despertasse os melindres.

---

[53] Carantonha: careta, cara feia
[54] Treta: faz travessura, faz capricho
[55] Selavam: encolhiam

— A modo que a manha de Passarinho é da cangaia nova. Mecê deve ter assuntado que desde os Olivero o bicho não toma jeito.

— Qual cangaia, qual carapuça! Encosta o relho e toca pra diante que é treta antiga!

— Êh! êh! Pachola! Ventania[56]!... Diacho de bicho brabo!

O relho estalou e a burrada foi cortando pelo mato adentro, rompendo a marmelada-de-cachorro[57], vindo de novo ganhar a estrada cá em cima, na rampa.

Joaquim Percevejo correra a espora por sobre a anca da besta, já lá ia adiante, nas pegadas do segundo lote. Ia tudo sem novidade. E quando, passado um quarto d'hora, alcançara o terceiro, encontrou-o encalacrado numa volta do capoeirão, os burros socados no cerrado e o tocador a arrumar a carga da dianteira — que não tomava jeito e ia arrecuando e pisando o espinhaço do animal a cada nova subida do caminho.

— Toma tento na Teteia, Izequiel; olha um calço na capota dessa cangaia.

O outro não respondeu. Vendo um cargueiro adiante raspando terra e fazendo menção de deitar, já lhe correra ao encalço, sacudindo-lhe a taca ao traseiro, bradando:

— Completo! Diacho de preguiçoso!...

Joaquim Percevejo, vendo-o naquela entaladura, apeara, concertava[58] o cargueiro abandonado. E como tinha a mão pronta, dera logo jeito aos dobros, passara de novo o ligal, e arrochava a sobrecarga, mordendo os beiços e metendo o pé à barriga do burro.

Ao longe, no atalho da serra, passava um cavaleiro, alvejando, o cão de fila à cola, lambendo a poeira da estrada com o seu palmo de língua. E Joaquim Percevejo apertou a andadura

---

[56] Pachola!; Ventania!: nomes dos animais
[57] Marmelada-de-cachorro: arbusto de até 2 metros.
[58] Concertava: o mesmo que consertava (na época), arrumava, ajustava

da besta e foi torando mais depressa para alcançar o patrão na encruzilhada da serra.

E o ofício era aquele, assim, duro, na regra de pobre, como dizia o arrieiro.

***

Aquela tarde a tropa arranchara nas Estacas. Volta e meia Percevejo procurou o culatreiro. Impressionara-o a contradita que tinham tido, na marcha do dia, a respeito do Passarinho. Topou-o mudando a baeta[59] verde da cangalha do animal, distintivo dos arreios daquele lote, pela encarnada de um burro do dianteiro.

Em pouco esquentava a discussão.

– É como lhe digo, rapaz. O Passarinho quer mas é barrigueira acochada[60] acima do branco das costelas e mais uns dobros por riba. Bicho novo, amilhado[61] como vai, treteiro de marca, pede carga de sustância. – Não devia relaxar. Juntasse aos dobros o amarrado de ferraduras.

O outro fez-lhe ver os suadouros[62] da cangalha, que surrara a cacete[63]. Duas grandes pisaduras, asas agoureiras de borboleta, maculavam o acolchoado na altura da cruz.

Nem isto o demoveu. Empirraçado já, recusou-se mesmo a ir verificar nas estacas, o lombo do animal, e palpar-lhe o sentido.

Como seu Quim continuasse recalcitrante[64] na destroca dos arreios, bufou regurgitado[65]:

---

[59] Baeta: pano
[60] Acochada: apertada
[61] Amilhado: que comeu milho
[62] Suadouros: parte do lombo onde se assenta a cangalha
[63] Surrara a cacete: costuma-se surrar a cangalha para afofá-la, e assim impedir ferimentos no animal
[64] Recalcitrante: teimoso
[65] Regurgitado: farto

— Tu 'stás aí, ainda me cheiras a ovo, menino! — Nunca se lhe fizera alguém intrometidiço no ofício, nem mesmo no tempo do defunto compadre Gominhos. Fizesse o que ordenara, senão...

— Tá bão! tá bão!

O Quim encolheu-se logo humilde. Como todo moço tropeiro, tinha um respeito bem-educado pela barbaça grisalha do outro. Mas o patrão gritava da barraca pelo arrieiro.

Ali na intimidade das paredes de lona, chamou-o à ordem. Não o contrariara à vista dos outros, a fim de evitar o seu desprestígio entre a camaradagem. Mas não tinha andado direito. Assim como queria, o burro ficava inutilizado. O Passarinho carecia era de cangalha bem assentada, mais larga. Aquela ia-lhe mal; o culatreiro conhecia bem o seu lote, deixasse-o à vontade.

Joaquim Percevejo espetou os dedos no barbalhão hirsuto[66]; ajuntou o pelo todo num puxão, amarfanhou tudo, fechou-o dentro da boca. Mastigou nervosamente, cuspiu a barba em leque e pediu a sua conta.

O coronel Pedrinho, já impacientado, abriu as canastras, somou as cifras, passou-lhe o papel.

O arrieiro era bem analfabeto; sabia porém, com extraordinária memória, tintim por tintim, quanto devia ao justo — três contos, seiscentos e oitenta mil-réis. O elevado da importância era o insofismável[67] penhor da estima e confiança em que era tido. No sertão, camarada relapso não acresce dívida.

Arreou a sua mula, dispensou a janta, avisou que estaria de volta ainda naquela noite. Ia entender-se com o seu Ivo, mal-encarado coronel, afazendado nessas alturas. Conforme combinassem, talvez se desquitava aquele dia mesmo.

---

[66] Hirsuto: de pelos longos e duros
[67] Insofismável: sem tapeação

— Vai comendo brasa[68] — disse o cozinheiro vendo-o chegar ao mesmo tempo relho e espora ao animal.

— Não é p'ra menos — retorquiu Izequiel; — qu'estúrdia[69], um pito no arrieiro!

E temperado o pinho, repisou uma quadrinha predileta de Percevejo:

> Quatro cousas neste mundo
> Arrenega um bom cristão:
> Uma casa goteirenta,
> Um cavalo bem choutão[70],
> Uma muié rabugenta
> Mais um menino chorão...

E não achou ali ao pé o arrieiro para dar, triunfante, a resposta na letra:

> Mas agora venho a crer
> Que pra tudo Deus dá jeito;
> O cavalo se barganha,
> A casa a gente reteia,
> Do guri se tira a manha,
> Na muié se mete a peia[71]!

O coronel Ivo era um famanaz[72] temido nas redondezas. Braço direito dos chefões estaduais, ferrador de burros e antigo tropeiro como o maioral deles, quando ia à cidade, os

---

[68] Comendo brasa: furioso, enfurecido
[69] Qu'estúrdia: que extravagância
[70] Choutão: saltador
[71] Peia: chicote
[72] Famanaz: valentão

babaquaras[73] da terra interrompiam a palestra e safavam-se pelos cantos, ao assomar na esquina o seu vulto apessoado de anta brava.

(Não sorriam os leitores; é histórico e atual. E é até possível que quem escreve estas linhas fizesse o mesmo... Qualquer dia vê-lo-emos deputado federal pelo Estado.)

Também, as suas façanhas contavam-se pelos anos de vida; e, entre as menores, registrava-se o castramento por suas mãos de um pobre "pancada" em Goiabeiras, o estoiro de outro – de quem suspeitara meter-se-lhe a engraçado com a mulher, em Curralinho, à força de infusões de malagueta e salmoura deitadas goelas abaixo, por intermédio de um funil...

Naquela sua fazenda nos arredores das Estacas, quarenta agregados e acostados enchiam-lhe as casas, pelo menos. O sítio era um arsenal, centro das marombas[74] politiqueiras do município. Camarada que para ali fugisse, se era da gente da oposição, tinha coito[75] e segura garantia.

O coronel Pedrinho era neutro. Caráter altivo e reto porém, ofendia as fumaças[76] do manda-chuva com o seu todo independente e sobranceiro.

Tinha-lhe o outro este ódio secreto e instintivo de todas as criaturas inferiores e autoritárias para com os que não possuíssem um mesmo espírito de rebanho.

Gozoso[77], aproveitou a oportunidade para uma das suas pirraças. Sabia Percevejo visceralmente honesto. Engambelou portanto o pobre homem, comprometendo-se a solver a dívida no dia seguinte.

---

[73] Babaquaras: caipiras
[74] Marombas: conchavos
[75] Coito: abrigo, proteção
[76] Fumaças: presunção
[77] Gozoso: satisfeito

Pois sim, pois sim; o Zeca Menino, seu capataz, era uma cabeça avoada. Malquistara-o com o administrador do porto de Mão de Pau, um velho correligionário, na passagem das últimas boiadas que por conta própria mandara às feiras de Minas. Demais, um perdido de mulheres... Estava precisando mesmo de um homem de confiança como Percevejo.

Este voltou inchado ao pouso da tropa. Fez os seus arranjos, e ao levantar do sol tornava de novo para a fazenda.

O patrão mandou soltar a tropa no encosto, e esperou-o o dia todo na rede, puxando as espiras azuis de seu goiano[78]. Doera-lhe despedir o arrieiro. Também, não admitia controvérsias. Como todo chefe sertanejo, era fundamentalmente autoritário. Mas até aí, felizmente, nunca tivera azo[79] de manifestar a sua energia. Percevejo trazia a tropa num brinco, e ali estava desde os velhos tempos do padrasto Gominhos. Estimava-o. Não transigiria[80], porém.

O crepúsculo veio com a monotonia dos grilos e sapos nas varjotas. Tons róseos, eslaivados, erraram, passaram fugidios sobre as franças[81] das últimas cristas da Dourada[82], além. A noite entrou fechada, sem transição, e derramou-se no céu a prata das estrelas.

Arrastaram-se as violas no pouso até às dez. Depois tudo fez silêncio e o arranchamento dormiu embalado à distância pelo polaco[83] das madrinhas de lote.

O coronel Pedrinho esperava encontrar Percevejo pela manhã, ao sair da barraca. Não contava, porém, com a lábia do fazendeiro.

---

[78] Goiano: cigarro de fumo de corda goiano
[79] Azo: oportunidade
[80] Transigiria: voltaria atrás
[81] Franças: fímbrias, orlas, extremidades
[82] Dourada: referência à Serra Dourada
[83] Polaco: música, fundo sonoro

Servido o almoço, atrelada a tropa, acangalhada e alerta nos aprestos[84] de saída, e Percevejo não aparecia com o dinheiro.

Pelo beirar das onze o céu embruscou-se, soprou um vento quente, grossos pingos começaram a cair, prenunciando chuvarada.

Não se conteve mais, mandou enfrear a ruana. O rebenque metido no cano da bota, foi à boca do mato, abriu o viva-Goiás[85], ali tirou uma comprida e consistente embira[86] de timbó[87]. Fez uma rodilha, amarrou-a na garupa e enfiava o pé no estribo, quando o dianteiro correu do interior, bradando:

— Olhe, patrão, olhe que esqueceu o revólver mais a cartucheira!

— Não é preciso, levo ainda o meu canivete.

Lá na fazenda, Percevejo conversava, sobre os calcanhares, num canto do curral. O coronel havia-lhe dito:

— Sabe que mais? Não está nos meus hábitos pagar contas a desafetos. Dou-lhe a minha proteção, é suficiente. Ninguém o tirará daqui. Deixe-se por aí ficar, não há de ser o seu patrão que mande chover por outra forma.

E sorria pachorrento, nas suas enxúndias[88] de homenzarrão, afagando os queixais de prognata[89], a olhar significativamente os rapazes em torno.

Foi quando o Pedrinho estancou a mula na cerca. Viu Percevejo acocorado no meio da roda, riscando o chão molhado com a roseta de sua enorme franqueira[90]. Toda aquela gente ali reunida era um cabide de armas. E ao local chegava mais um

---

[84] Aprestos: preparativos
[85] Viva-Goiás: planta
[86] Embira: corda vegetal
[87] Timbó: planta
[88] Enxúndias: gorduras
[89] Prognata: de mandíbulas projetadas
[90] Franqueira: faca de ponta

grupo, o cano das clavinas[91] aparecendo de sob as fraldas das carochas[92] de indaiá[93].

Nem pestanejou.

— Percevejo, a tropa está há quatro horas de saída, e não quero saber de mais tardança.

Avia[94] essa conta ou volta para o pouso. Não posso falhar mais este dia!

— Hum! hum! Já aqui estou, por aqui me vou deixando... A conta será quando seu Ivo quiser...

O moço tropeiro não trepidou.

Bateu violentamente a cancela, entrou montado no terreiro, saltou da sela; e, a corda na mão, caminhou direito sobre Percevejo.

Nem um único olhar lançara ao fazendeiro. Pegou o arrieiro pela barba, atou-a num ápice[95], em nó-de-porco[96], à embira; prendeu a ponta desta ao rabo da mula e achou-se montado de novo.

O coronel encarava-o aparvalhado, os olhos ramelentos, rindo constrangido. Nem um gesto sequer. E ninguém se movera naquele rápido segundo. Olhavam, estarrecidos.

Viram-no ferrar esporas, a besta arrancar num trote largo. E, ao primeiro puxão, Percevejo se pusera também a trotar atrás, desesperadamente. Sumiram-se na quebra do cerrado. E nenhum tiro se ouviu.

Paralisara-os a todos tamanha audácia!

---

[91] Clavinas: carabinas
[92] Carochas: capas de palha de palmeira
[93] Indaiá: tipo de palmeira
[94] Avia: apresse
[95] Num ápice: num instante
[96] Nó-de-porco: tipo de nó difícil de desatar

E foi assim, empastado de suor, lama e aguaceiro, deitando os bofes pela boca, roxo de vergonha, que Percevejo fez a sua entrada nas Estacas.

Cortou-lhe a corda o patrão. E num gesto enérgico despediu-o:
– Vai-te, perrengue! Um homem que se deixa amarrar pela barba, não é homem, não é homem! Vai-te, não me deves mais nada!

E não se ouviu mais ali palavra a respeito.

Mas à noite, ponteando na viola, satirizou num repente o cozinheiro:

> Quatro cousas neste mundo
> Arrenega o arrieiro:
> A manha do Passarinho,
> A teima do culatreiro,
> Uma conta a liquidar
> E costas[97] de fazendeiro...

Izequiel saltou como um boneco de mola, noutro improviso:

> Mas agora venho a crer
> Que pra tudo Deus dá jeito:
> Lá no mato tem timbó
> Que se tira sem o lenho,
> Que se passa no gogó
> À maneira de sedenho[98]!

No dia seguinte, aproveitando a estiagem da manhã, a tropa toda arribou das Estacas e desfilou unida ao longo das

---
[97] Costas: proteção
[98] Sedenho: corda de crina

tranqueiras[99] do Ivo, sob as vistas de Jerome, elevado à categoria de arrieiro.

Os guizos carrilhonavam em conjunto no bulício matutino. Os peões, à passagem, faziam estalar indolentemente a lonca[100] de seus compridos piraís[101]. Mas iam todos precavidos e traziam à bandoleira os rifles de estimação.

Quanto a Percevejo, convenceu-se tanto o pobre-diabo do que lhe dissera o patrão, que derrubou a grenha e passou daí em diante a usar a barba raspada a navalha.

(*Tropas e boiadas*, 2ª ed., 1922)*

Hugo de Carvalho Ramos (Vila Boa, hoje cidade de Goiás, 1895 – Rio de Janeiro, 1921), jovem depressivo, teve vida bastante curta. Estudou no Liceu Goiano, mas transferiu-se para o Rio de Janeiro onde se matriculou na Faculdade de Ciências Jurídicas e Sociais, em 1916. Em 1917, publicou os contos de *Tropas e boiadas*, único livro publicado em vida, que foi muito bem recebido pela crítica. Escreveu também poesia e artigos de crítica literária e sobre temas nacionais, mas foi com seu livro de contos que se tornou conhecido. Com a saúde abalada, não terminou os estudos e excursionou pelos estados de Minas Gerais e São Paulo. De volta ao Rio de Janeiro, seus males se agravaram, levando-o ao suicídio em 1921.

Considerado um dos mais importantes regionalistas do período, escreveu, com grande domínio de linguagem, contos de denúncia das condições políticas e sociais de sua região.

---

[99] Tranqueiras: cancelas
[100] Lonca: tira de couro cru
[101] Piraís: chicotes de couro cru
* "Peru de roda" só consta a partir da 2ª edição, 1922. A 1ª edição de *Tropas de boiadas* é de 1917.

Sua Excelência[1]

Lima Barreto

O Ministro saiu do baile da Embaixada, embarcando logo no carro. Desde duas horas estivera a sonhar com aquele momento. Ansiava estar só, só com o seu pensamento, pesando bem as palavras que proferira, relembrando as atitudes e os pasmos olhares dos circunstantes[2]. Por isso entrara no cupê[3] depressa, sôfrego, sem mesmo reparar se, de fato, era o seu. Vinha cegamente, tangido[4] por sentimentos complexos: orgulho, força, valor, vaidade.

Todo ele era um poço de certeza. Estava certo do seu valor intrínseco[5]; estava certo das suas qualidades extraordinárias e excepcionais. A respeitosa atitude de todos e a deferência universal que o cercava eram nada mais, nada menos que o sinal da convicção geral de ser ele o resumo do país, a encarnação dos seus anseios. Nele viviam os doridos queixumes dos humildes

---
[1] Conforme o autor, trata-se de adaptação do conto popular "O general (ou padre) e o diabo"
[2] Circunstantes: pessoas que estão à volta
[3] Cupê: carruagem fechada de quatro rodas e duas portas
[4] Tangido: movido
[5] Intrínseco: interior

e os espetaculosos desejos dos ricos. As obscuras determinações das coisas, acertadamente, haviam-no erguido até ali, e mais alto levá-lo-iam, visto que ele, ele só e unicamente, seria capaz de fazer o país chegar aos destinos que os antecedentes dele impunham...

E ele sorriu, quando essa frase lhe passou pelos olhos, totalmente escrita em caracteres de imprensa, em um livro ou em um jornal qualquer. Lembrou-se do seu discurso de ainda agora.

"Na vida das sociedades, como na dos indivíduos..."

Que maravilha! Tinha algo de filosófico, de transcendente[6]. E o sucesso daquele trecho? Recordou-se dele por inteiro:

"Aristóteles, Bacon, Descartes, Spinoza e Spencer, como Sólon, Justiniano, Portalis e Ihering[7], todos os filósofos, todos os juristas afirmam que as leis devem se basear nos costumes..."

O olhar, muito brilhante, cheio de admiração – o olhar do líderda oposição – foi o mais seguro penhor do efeito da frase...

E quando terminou! Oh!

"Senhor, o nosso tempo é de grandes reformas; estejamos com ele: reformemos!"

A cerimônia mal conteve, nos circunstantes, o entusiasmo com que esse final foi recebido.

O auditório delirou. As palmas estrugiram[8]; e, dentro do grande salão iluminado, pareceu-lhe que recebia as palmas da Terra toda.

O carro continuava a voar. As luzes da rua extensa apareciam como um só traço de fogo; depois sumiram-se.

O veículo agora corria vertiginosamente dentro de uma névoa fosforescente. Era em vão que seus augustos[9] olhos se

---

[6] Transcendente: superior
[7] Aristóteles ... Ihering: filósofos e legisladores
[8] Estrugiram: soaram ruidosamente
[9] Augustos: elevados, majestosos

abriam desmedidamente; não havia contornos, formas, onde eles pousassem.

Consultou o relógio. Estava parado? Não; mas marcava a mesma hora e o mesmo minuto da saída da festa.

– Cocheiro, onde vamos?

Quis arriar as vidraças. Não pôde; queimavam.

Redobrou os esforços, conseguindo arriar as da frente. Gritou ao cocheiro:

– Onde vamos? Miserável, onde me levas?

Apesar de ter o carro algumas vidraças arriadas, no seu interior fazia um calor de forja. Quando lhe veio esta imagem, apalpou bem, no peito, as grã-cruzes[10] magníficas. Graças a Deus, ainda não se haviam derretido. O Leão da Birmânia[11], o Dragão da China[12], o Língam da Índia[13] estavam ali, entre todas as outras intactas.

– Cocheiro, onde me levas?

Não era o mesmo cocheiro, não era o seu. Aquele homem de nariz adunco, queixo longo com uma barbicha, não era o seu fiel Manuel.

– Canalha, para, para, senão caro me pagarás!

O carro voava e o ministro continuava a vociferar:

– Miserável! Traidor! Para! Para!

Em uma dessas vezes voltou-se o cocheiro; mas a escuridão que se ia, aos poucos, fazendo quase perfeita, só lhe permitiu ver os olhos do guia da carruagem, a brilhar de um brilho brejeiro[14], metálico e cortante. Pareceu-lhe que estava a rir-se.

---

[10] Grã-cruzes: condecorações e medalhas
[11] Leão da Birmânia: símbolo nacional da Birmânia, atualmente denominada Mianmar
[12] Dragão da China: símbolo nacional da China
[13] Língam: órgão genital masculino, reverenciado na Índia como símbolo de fertilidade
[14] Brejeiro: malicioso

O calor aumentava. Pelos cantos o carro chispava. Não podendo suportar o calor, despiu-se. Tirou a agaloada[15] casaca, depois o espadim, o colete, as calças.

Sufocado, estonteado, parecia-lhe que continuava com vida, mas que suas pernas e seus braços, seu tronco e sua cabeça dançavam, separados.

Desmaiou; e, ao recuperar os sentidos, viu-se vestido com uma reles "libré"[16] e uma grotesca cartola, cochilando à porta do palácio em que estivera ainda há pouco e de onde saíra triunfalmente, não havia minutos.

Nas proximidades um cupê estacionava.

Quis verificar bem as coisas circundantes; mas não houve tempo.

Pelas escadas de mármore, gravemente, solenemente, um homem (pareceu-lhe isso) descia os degraus, envolvido no fardão[17] que despira, tendo no peito as mesmas magníficas grã-cruzes.

Logo que o personagem pisou na soleira, de um só ímpeto aproximou-se e, abjetamente[18], como se até ali não tivesse feito outra coisa, indagou:

– V. Exa. quer o carro?

(*In Os bruzundangas*, 1922)

Afonso Henriques de **Lima Barreto** (Rio de Janeiro, 1881-1922). Seu pai foi tipógrafo e sua mãe, professora primária, ambos mestiços. Órfão de mãe desde os sete anos, viveu com pai e irmãos. Graças ao padrinho, o Visconde de Ouro Preto, estudou no Liceu Popular Niteroiense. Em 1896, matriculou-se no Colégio Paula Freitas, frequentou o curso preparatório à Escola Politécnica, onde ingressou no ano seguinte, mas teve de abandonar o curso, em 1903.

---

[15] Agaloada: enfeitada com galões, tranças de tecido
[16] Libré: vestimenta de serviçal
[17] Fardão: farda vistosa, luxuosa
[18] Abjetamente: de maneira servil

Seu pai, demitido da Imprensa Nacional, passou a trabalhar na Colônia dos Alienados, na Ilha do Governador, e enlouqueceu ele próprio. Lima Barreto viveu, desde 1903, como pequeno funcionário da Secretaria da Guerra, período em que colaborou na imprensa e produziu sua obra literária. Leu a literatura realista do século XIX europeu, inclusive do grande realismo russo. Lia também os sociólogos de formação democrática, como Célestin Bouglé, e anarquista, especialmente Kropotkin. Produziu obra antirracista e de reivindicação social. Depressivo e alcoólatra, teve que se internar por duas vezes no Hospício Nacional. Colaborou com assiduidade na imprensa maximalista e anarquista. Principais livros: *Triste fim de Policarpo Quaresma, Recordações do escrivão Isaías Caminha, Os bruzundangas, Bagatelas, Vida e morte de M. J. Gonzaga de Sá.*

O caso do mendigo

Lima Barreto

Os jornais anunciaram, entre indignados e jocosos, que um mendigo, preso pela polícia, possuía em seu poder valores que montavam à respeitável quantia de seis contos e pouco[1].

Ouvi mesmo comentários cheios de raiva a tal respeito. O meu amigo X, que é o homem mais esmoler[2] desta terra, declarou-me mesmo que não dará mais esmolas. E não foi só ele a indignar-se. Em casa de família de minhas relações, a dona da casa, senhora compassiva[3] e boa, levou a tal ponto a sua indignação, que propunha se confiscasse o dinheiro ao cego que o ajuntou.

Não sei bem o que fez a polícia com o cego. Creio que fez o que o Código e as leis mandam; e, como sei pouco das leis e dos códigos, não estou certo se ela praticou o alvitre[4] lembrado pela dona da casa de que já falei.

---

[1] Contos, réis, vinténs: moedas da era colonial e do Império
[2] Esmoler: caridoso, que dá esmolas frequentemente
[3] Compassiva: que se compadece
[4] Alvitre: opinião

O negócio fez-me pensar e, por pensar, é que cheguei a conclusões diametralmente opostas à opinião geral.

O mendigo não merece censuras, não deve ser perseguido, porque tem todas as justificativas a seu favor. Não há razão para indignação, nem tampouco para perseguição legal ao pobre homem.

Tem ele, em face dos costumes, direito ou não a esmolar? Vejam bem que eu não falo de leis; falo dos costumes. Não há quem não diga: sim. Embora a esmola tenha inimigos, e dos mais conspícuos[5], entre os quais, creio, está M. Bergeret[6], ela ainda continua a ser o único meio de manifestação da nossa bondade em face da miséria dos outros. Os séculos a consagraram; e, penso, dada a nossa defeituosa organização social, ela tem grandes justificativas. Mas não é bem disso que eu quero falar. A minha questão é que, em face dos costumes, o homem tinha direito de esmolar. Isto está fora de dúvida.

Naturalmente ele já o fazia há muito tempo, e aquela respeitável quantia de seis contos talvez represente economias de dez ou vinte anos.

Há, pois, ainda esta condição a entender: o tempo em que aquele dinheiro foi junto. Se foi assim num prazo longo, suponhamos dez anos, a coisa é assim de assustar? Não é. Vamos adiante.

Quem seria esse cego antes de ser mendigo? Certamente um operário, um humilde, vivendo de pequenos vencimentos, tendo às vezes falta de trabalho; portanto, pelos seus hábitos anteriores de vida e mesmo pelos meios de que se servia para ganhá-la, estava habituado a economizar. É fácil de ver por quê. Os operários nem sempre têm serviço constante. A não ser os de

---

[5] Conspícuos: ilustres
[6] M. Bergeret: personagem de Anatole France, um solitário

grandes fábricas do Estado ou de particulares, os outros contam que, mais dias, menos dias, estarão sem trabalhar, portanto sem dinheiro; daí lhes vem a necessidade de economizar, para atender a essas épocas de crise.

Devia ser assim o tal cego, antes de o ser. Cegando, foi esmolar. No primeiro dia, com a falta de prática, o rendimento não foi grande; mas foi o suficiente para pagar um caldo no primeiro frege[7] que encontrou, e uma esteira na mais sórdida das hospedarias da rua da Misericórdia. Esse primeiro dia teve outros iguais e seguidos; e o homem se habituou a comer com duzentos réis e a dormir com quatrocentos; temos, pois, o orçamento do mendigo feito: seiscentos réis (casa e comida) e, talvez, cem réis de café; são, portanto, setecentos réis por dia.

Roupa, certamente, não comprava: davam-lha. É bem de crer que assim fosse, porque bem sabemos de que maneira pródiga nós nos desfazemos dos velhos ternos.

Está, portanto, o mendigo fixado na despesa de setecentos réis por dia. Nem mais, nem menos; é o que ele gastava. Certamente não fumava e muito menos bebia, porque as exigências do ofício haviam de afastá-lo da "caninha". Quem dá esmola a um pobre cheirando a cachaça? Ninguém.

Habituado a esse orçamento, o homenzinho foi se aperfeiçoando no ofício. Aprendeu a pedir mais dramaticamente, a aflautar melhor a voz; arranjou um cachorrinho, e o seu sucesso na profissão veio.

Já de há muito que ganhava mais do que precisava. Os níqueis caíam, e o que ele havia de fazer deles? Dar aos outros? Se ele era pobre, como podia fazer? Pôr fora? Não; dinheiro não se põe fora. Não pedir mais? Aí interveio uma outra consideração.

---

[7] Frege: restaurante de baixa categoria

Estando habituado à previdência e à economia, o mendigo pensou lá consigo: há dias que vem muito; há dias que vem pouco, sendo assim, vou pedindo sempre, porque, pelos dias de muito, tiro os dias de nada. Guardou. Mas a quantia aumentava. No começo eram só vinte mil-réis; mas, em seguida foram quarenta, cinquenta, cem. E isso em notas, frágeis papéis, capazes de se deteriorarem, de perderem o valor ao sabor de uma ordem administrativa, de que talvez não tivesse notícia, pois era cego e não lia, portanto. Que fazer, em tal emergência, daquelas notas? Trocar em ouro? Pesava, e o tilintar especial dos soberanos, talvez atraísse malfeitores, ladrões. Só havia um caminho: trancafiar o dinheiro no banco. Foi o que ele fez. Estão aí um cego de juízo e um mendigo rico.

Feito o primeiro depósito, seguiram-se a este outros; e, aos poucos, como hábito é segunda natureza, ele foi encarando a mendicidade não mais como um humilhante imposto voluntário, taxado pelos miseráveis aos ricos e remediados; mas como uma profissão lucrativa, lícita e nada vergonhosa.

Continuou com o seu cãozinho, com a sua voz aflautada, com o seu ar dorido a pedir pelas avenidas, pelas ruas comerciais, pelas casas de famílias, um níquel para um pobre cego. Já não era mais pobre; o hábito e os preceitos da profissão não lhe permitiam que pedisse uma esmola para um cego rico.

O processo por que ele chegou a ajuntar a modesta fortuna de que falam os jornais, é tão natural, é tão simples, que, julgo eu, não há razão alguma para essa indignação das almas generosas.

Se ainda continuasse a ser operário, nós ficaríamos indignados se ele tivesse juntado o mesmo pecúlio? Não. Por que então ficamos agora?

É porque ele é mendigo, dirão. Mas é um engano. Ninguém mais que um mendigo tem necessidade de previdência. A esmola não é certa; está na dependência da generosidade dos homens, do seu estado moral psicológico. Há uns que só dão esmolas quando estão tristes, há outros que só dão quando estão alegres e assim por diante. Ora, quem tem de obter meios de renda de fonte tão incerta, deve ou não ser previdente e econômico?

Não julguem que faço apologia da mendicidade. Não só não faço como não a detrato[8].

Há ocasiões na vida que a gente pouco tem a escolher; às vezes mesmo nada tem a escolher, pois há um único caminho. É o caso do cego. Que é que ele havia de fazer? Guardar. Mendigar. E, desde que da sua mendicidade veio-lhe mais do que ele precisava, que devia o homem fazer? Positivamente, ele procedeu bem, perfeitamente de acordo com os preceitos sociais, com as regras da moralidade mais comezinha[9] e atendeu às sentenças do *Bom homem Ricardo,* do falecido Benjamin Franklin[10].

As pessoas que se indignaram com o estado próspero da fortuna do cego, penso que não refletiram bem, mas, se o fizerem, hão de ver que o homem merecia figurar no *Poder da vontade,* do conhecidíssimo Smiles[11].

De resto, ele era espanhol, estrangeiro, e tinha por dever voltar rico. Um acidente qualquer tirou-lhe a vista, mas lhe ficou a obrigação de enriquecer. Era o que estava fazendo, quando a polícia foi perturbá-lo. Sinto muito; e são meus desejos que ele seja absolvido do delito que cometeu, volte à sua gloriosa Espanha, compre uma casa de campo, que tenha um pomar com oliveiras e a vinha generosa; e, se algum dia, no esmaecer do dia, a saudade lhe vier deste Rio de Janeiro, deste Brasil imenso e feio,

---

[8] Detrato: tiro o mérito, deprecio
[9] Comezinha: simples, fácil de entender
[10] *Bom homem Ricardo, ou Os meios de fazer fortuna,* de Benjamin Franklin (1706-1790)
[11] *Poder da vontade* (1859), de Samuel Smiles (1812-1904): o primeiro livro de autoajuda

agarre em uma moeda de cobre nacional e leia o ensinamento que o governo da República dá... aos outros, através dos seus vinténs: "A economia é a base da prosperidade".

(*Bagatelas*, 1923)

Aquela tarde turva...[*]

Valdomiro Silveira

— Vancê não devéra de me preguntar por que é que eu não casei e moro aqui, triste e suzinho, neste recanto de terra: se a gente não matraqueia[1] as coisas de sua vida, alguma rezão há de ter, p'ra ter um fecho na boca. E remexer no que passou, muitas vezes é peior do que lidar com sangue ou com barro de enxorrada...

Quem arrepara em mim, já vê logo que não sou nada moço: 'tou bem tordilho[2], dentro de poucos anos já hei de ser ruço pombo[3]. Dum home', que vai beirando o fim de tudo, e chegou a desaprender como é que se guaia[4] uma risada, e não tem nem quer ter companheira, não percure ninguém saber o que lá ficou p'ra trás, tão p'ra trás que inté parece lebrina[5] escurecendo os

---
[*] Mantiveram-se os acentos gráficos indicativos da prosódia caipira
[1] Matraqueia: conta novidades
[2] Tordilho: preto com manchas brancas
[3] Ruço pombo: grisalho com predomínio do branco
[4] Guaia: emite som em tom de lamento
[5] Lebrina: neblina

ares, entre meio de dois morros. Abrir devassa[6] do que houve, longe ansim na passage' do tempo, chega a ser falta de piadade.

Mas eu não tenho jeito de me esconder de vancê, que, desde os meus princípios, sempre foi a minha providência, neste recanto de terra. Um dia, muito mais tarde, vancê consigo mesmo há de alembrar que o João Sinhá, só p'ra não deixar sem re'posta uma pregunta sua, lhe contou a história mais horrive' que um home' pode contar p'ra outro.

Nhá mãe (vancê na certeza não se esqueceu da d. Sinhá Figueira, por via de quem me veio o apelido de João Sinhá), nhá mãe era viva e sã quando eu 'garrei a gostar de uma tal Vitória, moçona bonita e desenleiada[7], que assistia, mais o pai, lá p'ros lados do Ubucutupé. Ela já não tinha a mãe, eu não tinha mais meu pai, e essa falta das duas escoras quem sabe se não foi motivo de desgraça p'ra nós dois?

Quando vesprei[8] os vinte e três anos, dei notícia p'ra nhá mãe do que havia e do que não havia, e acabei falando que 'tava decidido a casar c'a namorada. Nhá mãe custou um pouco a me arresponder; entristeceu; olhou p'ra todas as bandas, como quem 'tá com medo de ser escuitado: e no cabo das contas, o que me falou não foi nada bom, não foi nada de agradar.

Nhá mãe me disse, por muito poucas palavras:

— Eu acho que você inda é criança demais p'ra cuidar desse negócio, João. E acho que esse negócio não é brinquedo de criança. Você não sabe nada do sangue da Vitória, e eu sei: a mãe dela, que tinha por nome Bastiana, foi mulher do chifre furado e argolado[9], o que era visto por todos e corria na boca de todo o mundo. Tão levada da sapeca, tão desmiolada e tão vaivém,

---

[6] Abrir devassa: fazer conhecer
[7] Desenleiada: desembaraçada
[8] Vesprei: estava próximo
[9] Do chifre furado e argolado: malcomportada, irrequieta, rebelde

que acabou pegando o vulgo de Galinha Solta. Aqui p'r estes bairros e lá p'r a cidade, tem tanta moça boa, na proporção de você que nem luva: p'ra que fazer uma escolha tão desatinada?

Nhá mãe entreparou[10] na conversa, 'maginou e cismou seu tantinho, deu o último nó do conselho:

— Um rapaz da sua qualidade tem dereito a sorte feliz: não queira pegar a sorte à força, que ela nega estribo. Você conhece bem aquele ditado: o que é de raça, caça[11]. Eu tenho medo que um dia o tal ditado arremate em acontecimento. Pense noutra, filho!

Não pensei noutra, porque não podia, nem que quisesse. O que sim pensei foi isto e aquilo: que a gente antiga, quando empacava numa coisa, não aluía[12] nunca mais; que hai muita fazenda, do caro e do barato, do craro e do escuro, em cada parteleira de armazém; que uma dona pode ser boa, e ter uma filha rúim, e viça-versa; que ninguém merece castigo, p'r a culpa da mãe ou do pai...

Agora eu vejo que o fado tem muita força, e era meu fado padecer. Nhá mãe morreu de repente, sem companhia de ninguém, certo dia que 'tava 'rancando mangarito[13], perto da cerca dos fundos. Quando cheguei da roça, e topei nhá mãe estendida no chão, de olhos abertos e linda como Nossa Senhora do Monte (Deus que me perdoe!), antes de chorar senti um bruto frio, por cima do coração. De certo era algum aviso: mas p'ra quem anda louco ou perdido, apaixonado ou fora do entendimento, aviso não val' nada!

---

[10] Entreparou: parou por um momento
[11] O que é de raça, caça: variante de "cão que é de raça, caça"; está determinado pela origem
[12] Aluía: saía do lugar
[13] Mangarito: espécie de batata

A casa, barreada e coberta de telha vã, que eu e nhá mãe tinha' feito quaje de baixo d'um cauvi[14] que ia embora p'r'as nuve', logo ficou meia tapera: o ânimo não me dava p'ra 'tar ali desacompanhado, horas e horas, mal comparando, ver cachorro sem dono. Hoje um pouco, amanhã mais, e despois mais ainda, fui-me apartando da morada, arranchei-me por fim c'um terno de lenhadores, na vizinhança dos Queirozes. Tratei da minha roça, enquanto pagou a pena, mas porém chegava lá p'r' uma picada velha, que alimpei a poder de facão e foice: olhava o cauvi de longe, a passarinhada que revolvia os ares daquela boca de mato, e virava os olhos p'r'outro lado, porque de perto do cauvi não 'tava saindo o rolo fino de uma fumaça, que eu tanto tempo tinha visto.

Corria neste porte a minha vida, sem outros saltos e outros baixos. A primeira arrumação, que havéra de dar, já se vê que era a do casamento. Home' de juízo, como eu queria ser, não trata disso a dois arrancos: pesa o ganho e o gasto, calcula o preço da saúde e o custo da doença (que tudo pode acontecer), e aí é que resolve d'uma vez o caso. De meu, a única coisa que eu tinha era a dita roça na Água Fria, onde por derradeiro plantei cana e mandioca: a mandioca pouco dava, e a cana, até chegar em pinga, dava nada. Além do mais, o chão não era meu, era póssea livre, e por ele não espichei dinheiro, nem coisa que com dinheiro fosse parecida.

A Vitória, cada dia mais amorosa, me dizia que esperava o tempo que eu quisesse; que pouco lhe importava casar já e já, ou daqui a muitos anos, des que pudesse ter sempre a certeza certa do meu amor; que sempre havéra de ser – e jurava contra sua alma – fiel e firme tal e qual o morro feito duma pedra só.

Foi p'r aí ansim que apareceu no bairro um serracimano[15] de meia idade, boa presença e melhor prosa, por nome Perciliano,

---

[14] Cauvi: árvore corpulenta, de mata virgem
[15] Serracimano: natural ou morador de serra acima

querendo arranjar camaradage' p'r' uma fazenda que ia fabricar na Garça, p'r' adiante de Baurú. Fazia ventajas de entusiasmar: dava um sítio de graça, por cinco anos, p'ra quem derrubasse mato, fizesse chão e plantasse uns tantos mil pés de café; o sítio seria de quinze alqueires e, despois d'aquele prazo, ficava outros cinco anos a meia[16] entre ele Perciliano e o empreiteiro; enquanto o café não 'tivesse formado, podia o dono do empreito fazer as plantas que quisesse, nas ruas do cafezal; e o serracimano adiantava quinhentos mil-réis p'r' as premeiras despesas.

As orelhas me tiniram, quando sube do que Perciliano andava contando e recontando: que aquilo por lá era um mundo novo, com tamanhas riquezas p'ra logo, que até parecia sonho; que o pé de café, com três anos, já era maior que um home' de altura regular; que cada espiga de milho crioulo pesava coisa de meio quilo; que a muganga[17] crescia e encorpava a ponto de não caber nos braços de ûa mulher meã[18]; que o jacutupé[19] alastrava tanto, ia tão longe e dava tão grandes raízes, que mais mostrava jeito de praga do que de planta boa.

Em menos duma somana fechei trato c'o fazendeiro: mandou-se notar um ajuste bem notado, com duas testemunhas, com selo e tudo, no cartório de um tabalião de Santos, aprontei a trouxa, peguei o trem. Antes de pegar o trem (eu perfiria ter esquecido tudo isto, ou ao menos este pedaço), antes de pegar o trem, fui despedir da Vitória: nenhum amor chorou tanto, debaixo do céu velho, na hora do apartamento[20], como o nosso amor chorou!

Vancê, que conhece a vida p'r o dereito e p'r o avesso, 'tá pesando e medindo o que eu lhe conto, e sabe como é deferente

---

[16] A meia: a meias, contrato em que se dividem por igual lucros e perdas
[17] Muganga: espécie de abóbora
[18] Meã: estatura mediana
[19] Jacutupé: espécie de inhame
[20] Apartamento: separação

aquilo que o papel diz, daquilo que o chão amostra: uma coisa é a esperança de cobrir a terra de plantas ricas e logo se ver folgado, outra coisa é a brabeza do sertão. Levei somanas e meses dando cabeçadas p'r aqui e p'r ali, fazendo possíveis e impossíveis, deitando com desânimo e alevantando com corage', mostrando ser um cafumango[21] do mar que não tem medo da serra. Quem de repente arrebentasse naquele fundão, havéra de reconhecer p'ra quanto presta um caiçara, quando o caiçara tem o coração empenhado e é tórra[22] como eu era.

Criminar Perciliano, falando que troceu no que tinha tratado, ou fez poetage' na gavação das terras, eu não posso: o tal serracimano me impontou[23] numa lombada de espigão que era um paraíso. Na vestimenta d'aquele tirão, o que mais a gente via era figueira branca, jangada braba, palmito vermelho e ortiga das grandes. Água, tinha com fartura, e a divisa da geada ficava longe. Mas era perciso muito braço e muito machado, p'ra botar abaixo o despotismo[24] de arv'es tão altas e corpulentas que parecia' querer varar o céu...

Não paga a pena esmiuçar o que me assucedeu e o que não me assucedeu, p'r esse meio de tempo: a sua mente, de home' de peso e viajado, já pôs uma trena[25] em toda a história desse meio tempo, e viu que a história, se eu repetir os acontecidos, passa vertentes e contravertentes, é muito comprida, não acaba mais. Corto os acontecidos, p'ra lhe dizer que, dois outubros despois do que eu daqui saí, já eu tinha talhão de café que era um brinco, paiol e bastante milho no paiol, arroz e feijão p'r'

---

[21] Cafumango: caipira
[22] Tórra: turrão, teimoso
[23] Impontou: estabeleceu, assentou
[24] Despotismo: grande quantidade de alguma coisa
[25] Pôs uma trena: mediu, avaliou

um ano, porcada de meia ceva[26]. Já não devia quaje 'nada, o mundo 'tava uma beleza!

O que vou contar agora, vancê adimira mais do que tudo: eu, p'ra mandar minhas notícias, sem não pedir punho alheio, aprendi a ler e a escrever no ermo, noite por noite, c'um fulano Marconde', camarada que foi comigo e não quis voltar p'ra cá. Andava já p'r um ano da minha saída do Cubatão, quando peguei na pena e rabisquei a minha carta premeira p'r'a Vitória. A carta só levava repiques de alegria, porque a pobre coitada (ansim pensava eu) não era cumpre[27] dos danos e da maueza com que o destino volta e meia me martirizava.

Um mês, dois meses despois (lembranças destas vão pouco a pouco resbalando do esp'rito, e acabam sumindo duma vez), me chegou uma carta cheirosa, de virar morro, em que a Vitória mandou soletrar que 'tava encantada com tudo o que ficou sabendo p'r a minha; que era a mesma de sempre, e seria a mesma a vida inteira; que a tristeza que tinha, só e só, era uma louca sodade de mim.

Trancemo' quatro cartas. Não houve tempo nem jeito p'ra mais. O que vou contar agora é o começo da minha aflição e do meu desespero: desde o meiado até o fim do terceiro ano, carta minha já não teve re'posta. Assustei em desmasiado, p'r amór de[28] o selêncio, mas fulano Marconde', criatura de juízo e de peito doce, me assossegou dizendo que aquilo não havéra de ser nada; que talvez carta e carta se extraviasse no caminho, que talvez alguma carta chegasse quando menos se esperava: e que, se houvesse alguma coisa triste no Cubatão, já tinha batido a notícia na Garça, porque notícia rúim corre muito.

---

[26] Meia ceva: medianamente engordada
[27] Cumpre: cúmplice
[28] P'r amór de: por causa de

Assosseguei, é verdade, contanto que não pude mais viver alegre como outra hora. Minhas coisas tinham indireitado dia a dia: o rancho, que era de pau-a-pique, virou casa, pequetita sim, mas porém bem perparada e asseadinha; caçamba e mulas mestras p'ra carreio, já havia no sítio, livres e desembaraçadas; cavalo de sela, escorador e de linda marcha, eu já tinha, e era meu de tudo. P'ra encurtar rezões, até um libuno[29] de flor[30], manso que nem carneiro e firme na guinilha[31] mais macia que se possa imaginar, 'tava sendo tratado a todo o trato, p'ra quando a Vitória fosse a dona da casa e dona do dono da casa.

Inteirou meio ano sem carta do Cubatão. Chamei fulano Marconde, entreguei-lhe a governação do sítio, enquanto eu ia e voltava, amontei a cavalo e me despedi, por meia dúzia de somanas, do paraíso da Garça, que eu tinha posto na perfeição. Senti de repente um frio no suã[32]: foi no instante que olhei o libuno da Vitória, e ele raspou o chão c'uma das mãos encurvadas, como limal[33] estradeiro que 'tá querendo romper[34]. Vancê não concorda comigo que aquilo era aviso? Aviso ou não aviso, tudo passou: o que me espanta é ainda eu 'tar vivendo, triste e suzinho, neste recanto de terra...

Aquela tarde turva, que cheguei no Cubatão, nunca mais há de fugir da minha lembrança. E é isso que me traz agoniado, a bem dizer, dia e noite, e é isso que me deixou, p'ra sempre, d'uma banda[35] da vida. No rumo do Ubucutupé, tinha um lançol e tanto de cerração. No mangue, 'tava tudo quieto, com feitio de susto ou de medo. Do lado de cá da serra, o azul pouco faltava

---

[29] Libuno: cavalo de pelo escuro, acinzentado
[30] De flor: de elite
[31] Guinilha: andadura, marcha
[32] Suã: coluna vertebral
[33] Limal: animal
[34] Romper: abrir passagem à força
[35] Banda: lado

p'ra ser ferrete[36]. Se o noroeste rondasse, era p'ra dar chuva grossa e tempestade.

Apeei do trem, com pressa, com ânsia, não topei conhecido nenhum na cercania da estação. Fui andando, fui andando, e só uns minutos despois é que alcancei um rapaz magro e embodocado[37], um rapaz que ia tocando quatro cabras de ubre cheio. Logo quatro, e a estas horas!, foi o que passou, por então, p'r a cabeça do pobre filho de meu pai. E abri conversa c'o moço, como aquele que não quer:

— Aqui se usa leite de cabra na boca da noite?

Ele me olhou de revés, espantado da pregunta, e me arrespondeu com quatro pedras na mão:

— Aqui e em toda a parte: só não sabe quem não regula certo!

Eu ri com certa cotela, com temor que ele não quisesse mais prosa. E peguemo' a nos entender muito bem:

— Mecê me desculpe, mas eu pregunto por preguntar, porque 'tou chegando de longe e campeando maneiras de saber notícias de gente conhecida. Mecê conhece o Alv'o Rodrigue'? Ele inda asséste p'r aqui? Vai indo?

— Esse pitou[38], faz obra de um ano. Suncê, que quer saber se ele vai indo, é porque sabia, na certeza, que ele ia indo mesmo. Pois foi-se, coitado! Não houve remédio que pudesse concertar aquele motor tão estragado! Era bom home'!

— E o Gustavo Rosa?

— O Gustavo Rosa teve aqui um arranca-rabo c'o sobdelegado, vivia de rusga aberta c'a polícia, não podia abrir a boca sem provocar a réiva e a birra do manda, teve de se mudar. Vejo dizer que reséde agora no município de Mogi das Cruzes.

---

[36] Azul-ferrete: tom muito escuro do azul, quase negro
[37] Embodocado: arqueado
[38] Pitou: faleceu

Suspendi a conversa, p'r uma batedeira de coração que me atropelou neste em meio: eu 'tava na dependura de preguntar ou não pela Vitória. Acabei preguntando, premeiro, pelo pai:
— Seo Maneco Ribeiro inda 'tá no Ubucutupé, e com saúde?
— Inda 'tá naquele purgatório. Sabe Deus como véve!
— E a filha de seo Maneco, ûa moça chamada Vitória?
O rapaz piscou um olho, falou de jeito lacaio[39]:
— Essa pega pinto[40]...
Meus cabelos cresceram na cabeça, atordoei como quem perdeu o regimento das pernas, afrouxou nas curvas e vai cair. Agardeci, do melhor modo que pude — e na certeza foi dos piores — aquele moço das cabras, deixei que o moço ganhasse dianteira, sentei num marco de pedra. 'maginei que a Vitória podia 'tar sofrendo algum levante de calúnia, que hai muito demônio esparramado no mundo, sem ninguém não saber. E apinchei-me p'ra diante, querendo achar um conhecido em quem tivesse fiúza[41], alguém que me falasse linguage' que eu pudesse aquerditar.

O alguém, que vi logo em seguida, no porto mais picado do caminho, foi seo Frederico, ituano de toda a minha estima e consideração. Despois que salvei[42] o povo da casa e afastei p'r'um canto, conversando em voz maneira com seo Frederico, logo arreparei que seo Frederico 'tava meio vendido e quaje-quaje desertando da conversa. Como ele sabia das minhas intenções e o porquê de eu ter ganhado o rumo do sertão grosso, preguntei--lhe de pancada:
— E a Vitória, seo Frederico?

---

[39] Lacaio: desprezível
[40] Pega-pinto: prostitui-se
[41] Fiúza: confiança
[42] Salvei: cumprimentei

Ele botou uma das mãos no meu ombro dereito, granou os olhos nos meus olhos, não disse coisa com coisa: fez tal e qual o outro, que 'tá cuidando dum doente perigoso e quer engambelar o doente, custe aquilo que custar. Vancê recorda que sempre fui despachado e inimigo de meias palavras; teimei na preganta, seo Frederico viu que era perciso dizer tudo:

– A Vitória saiu p'r 'o largo. Quem fez o desencaminho foi o Candão, caboco treteiro[43] que andou p'r aqui uns tempos, intimando[44] que ia alugar terrenos e encher de bananais estas parage', de ponta a ponta, e um belo dia socou os pés na rapariga, porque desapareceu em branca nuve', sem falar carne nem peixe. A rapariga fez prantina, esmagreceu e amarelou, mas despois achou consolo num feitor de linha, despois andou de mão em mão, e agora, pobre coitada!, 'tá no fundo d'uma cama, aí adiante, batendo maleita feia, naquela casa que foi do Migué. Diz que pende mais p'r'o lado de lá que p'r'o de cá.

Saí feito um demente, da morada de seo Frederico. Entreparei um pedaço, afastado já bastante, e peguei a pensar no quanto pode ûa mulher ser ingrata e ordenária, quando dá de ser ingrata. Aquela desgraçada tinha tido então a corage' de me ser falsa, falsa p'ra mim que tinha feito por ela os possíveis e os impossíveis? Aquela desgraçada pode então esquecer os juramentos que jurou contra sua própria alma? E não havéra de ter punição? E havéra ainda de espalhar p'r o mundo, afora mais ingratidão, mais falsidade e mais perjuro? Mulher ansim é p'ra morrer na ponta dum aço!

Apalpei, na cinta, a faca de palmo que nunca me largava. Peguei no cabo de osso, puxei um gêmeo[45] do cabo, senti na mão tremida o frio e a dureza do aço: e pouco a pouco, até hoje

---

[43] Treteiro: tratante, patife
[44] Intimando: dando a entender
[45] Gêmeo: medida correspondente à distância do polegar ao indicador abertos

não sei como, percebi que o meu coração endureceu e a mão esfriou no mesmo baque.

Fui andando, fui andando. Perto da casa que tinha sido do Migué, vi um automove' parado. Ûa dona, que passou rente[46] c'a valeta da outra banda, me explicou, em voz que parecia gritada, como se eu quisesse saber alguma coisa:

— A mó' que a Vitória não escapa mesmo. O doutor do governo, que vem todo dia ver a doentarada do bairro, disse que aquela maleita chegou muito misturada, que o coração da Vitória 'tá negando serviço, que é perciso ir sustentando a doente com chá de canela e café forte, quando ela desanimar. Agora ela 'tá padecendo, numa tremedeira louca.

Entrei na casa, quando o doutor do governo ia saindo. Ele também me disse, como se eu quisesse saber alguma coisa:

— Esta mulher não pode aguentar barulho nem ter abalo nenhum. Qualquer susto, qualquer zanga pode liquidar tudo de repente. O coração não val' um nicle[47]!

O que eu tinha na mente não era piadade, não era pena, era ódio puro. P'ra haver justiça, a Vitória tinha que afundar nos sete palmos do chão: de morte matada, se a maleita não fizesse o serviço, mas tinha que afundar.

As mulheres, que arrodeavam a cama, recuaram de vagarzinho, no auto[48] de me ver ali dentro. Percebi então que as cobertas da cama 'tava' mexendo, que nem folhage' de arvoredo no temporal: a batedeira não podia ser mais forte. Já tinham acendido uma lamparina, mas porém c'a luz meio vedada por pano pardo, porque o doutor do governo mandou que não creareassem de mais o quarto. P'r amór de a pouca luz, não en-

---

[46] Rente: próximo, junto a
[47] Nicle: níquel
[48] Auto: acontecimento

xerguei logo a cara inteira da Vitória, que 'tava naquele minuto, virada p'r'a parede: vi a cabeça e a testa, e que da testa escorria suor em pingos muito redondos.

Não tive pena, e lhe confesso que também não tive piadade: ódio, sim, ódio só! Cuidei, então, que ela inda podia sarar, e me senti gelado de repente. Na minha sentença, ela não tinha mais escapula, fosse p'r'onde fosse. E ansim liberei que lhe havéra de dar a hora derradeira, se visse que ela voltava em si com jeito de quem não faz a despedida.

Encostei no pé do catre, pensando bem no fundo da minha alma:

– Será que Deus Nosso senhor não leva esta criatura? Será que eu tenho mesmo de campear, c'a finura da minha faca, o rumo d'aquele coração traiçoeiro? Será que Deus Nosso Senhor não tem pena de mim?

Então as cobertas da cama pararam de bulir. A Vitória suspirou demorado, pôs-se de costas e me viu ali perto. Viu e escancarou os olhos. Escancarou os olhos e me falou c'a voz apagada:

– Você veio, meu bem? O coração 'tava-me adivinhando que você vinha, p'ra eu inda ter perdão e felicidade, nesta vida que estrangolei.

Ela me estendeu a mão; por um triz não lhe neguei a minha, que andava muito cascuda, de tanto machado e tanta enxada que maneei na Garça. Estendi a minha mão, a dela resbalou da minha e lhe caiu junto do corpo. Agora, o suor não descia só da testa, brotava de todo o rosto e chegava a romper d'aquela mão. Estremeceu de repente, como se fosse de medo. Eu 'tava suzinho na veira do catre; apalpei outra vez a bainha, puxei outra vez o cabo de osso, outra vez senti, na cinta, o frio e a dureza da faca de palmo...

... Mas Deus Nosso Senhor teve pena de mim!

(*Lereias*, 1945)

Valdomiro Silveira (Cachoeira Paulista, SP, 1873 – Santos, 1941) é considerado um dos iniciadores do regionalismo. Formou-se em Direito na faculdade do Largo de S. Francisco, São Paulo, e, ainda estudante, publicou seu primeiro conto, "O rabicho" (1894), no *Diário Popular de S. Paulo*. Foi promotor público em Santa Cruz do Rio Pardo, onde, paralelamente ao exercício do cargo, anotou termos e expressões do dialeto caipira que usaria em seus contos. Advogou em Casa Branca e São Paulo, mas foi em Santos que se fixou e participou da política. Ardoroso defensor da Revolução Constitucionalista, tornou-se uma liderança civil, manifestando-se por meio do rádio e da imprensa. Elegeu-se deputado federal em 1933, mas renunciou à cadeira para tornar-se secretário de Educação e Saúde Pública do estado de São Paulo. Foi deputado estadual na Assembleia Constituinte, cargo no qual permaneceu até o golpe de Getúlio Vargas em 1937. Teve quatro livros de contos publicados: *Os caboclos* (1920); *Nas serras e nas furnas* (1931); *Mixuangos* (1937) e *Lereias* (1945 – póstuma).

Fontes

"O ódio", *in* PAIVA, Manuel de Oliveira. *Contos, Obra completa*. Introd., notas e pesq. bibl. por Rolando Morel Pinto. Rio de Janeiro, Graphia, 1993.

"Capítulo IV", *in* AZEVEDO, Aluísio. *O cortiço*. São Paulo, Expressão Popular, 2011.

"O voluntário", *in* SOUSA, Inglês de. *Contos amazônicos*. São Paulo, Martins Fontes, 2004.

"Pai contra mãe", *in* ASSIS, Machado. *Relíquias de casa velha, Obra completa*. Rio de Janeiro, Nova Aguilar, 1979, v. II.

"O enfermeiro", *in* ASSIS, Machado. *Várias histórias, Obra completa*. Rio de Janeiro, Nova Aguilar, 1979, v. II.

"Maibi", *in* RANGEL, Alberto. *Inferno verde(cenas e cenários do Amazonas)*. 4ª ed. Tours (França), Tipografia Arrault & Cia, 1927.

"A fome negra" e "Os trabalhadores da estiva", *in* RIO, João do. *A alma encantadora das ruas:* crônicas. Org. por Raúl Antelo. São Paulo, Cia das Letras, 2008.

"Judas-Ashverus", *in* CUNHA, Euclides. *À margem da história, Obra Completa*. Rio de Janeiro, Aguilar, 1966, vol. I.

"Trezentas onças", *in* LOPES NETO, João Simões. *Contos gauchescos, Lendas do Sul, Casos do Romualdo*. Ed. crítica por Lígia Chiappini. Rio de Janeiro, Presença/INL, 1988.

"A garupa", *in* ARINOS, Afonso. *Contos*. Org. por Walnice Nogueira Galvão. São Paulo, Martins Fontes, 2006.

"Peru de Roda", *in* RAMOS, Hugo de Carvalho. *Tropas e boiadas*. Rio de Janeiro, José Olympio, 1965.

"O caso do mendigo", *in* BARRETO, Lima. *Bagatelas*. São Paulo, Brasiliense, 1956.

"Sua Excelência", *in* BARRETO, Lima. *Os Bruzundangas*. São Paulo, Brasiliense, 1956.

"Banzo", *in* COELHO NETO, H.M. *Banzo*. 2. ed. Porto, Liv. Chardron de Lello e Irmão Ltda., 1927.

"Aquela tarde turva...", *in* SILVEIRA, Valdomiro. *Lereias (histórias contadas por eles mesmos)*. Org. por Enid Yatsuda Frederico. São Paulo, Martins Fontes, 2007.